LIJFSTRAF

www.uitgeverijholland.nl
www.ellevandenbogaart.nl

ELLE VAN DEN BOGAART

LIJFSTRAF

UITGEVERIJ HOLLAND - HAARLEM

Dit boek kan gekozen worden door de Jonge Jury 2016

Hij moet even stilstaan om op adem te komen. Het is kwart over tien.

Relax man, je hebt de tijd. Wat is het adres ook al weer?

Hij checkt het laatste bericht.

Half elf. Ik wacht op je.

'Nummer 330,' spreekt hij hardop uit.

X

Als hij weer opkijkt, houdt hij zijn adem in.

Word ik achtervolgd?

Zijn shirt kleeft aan zijn lijf. Hij baalt dat hij zijn deo niet heeft meegenomen.

Het is half elf als hij het straatnaambordje leest.

Klopt dit wel? Het lijkt hier totaal uitgestorven.

'Langzaam lopen relax, langzaam lopen relax.'

Het lukt hem redelijk zijn pas niet te versnellen. Als hij bij een ijzeren poort komt houdt hij zijn pas even in voordat hij schoorvoetend een stap in de enorme hal zet. In gedachten repeteert hij de zinnen die hij zo meteen wil gaan zeggen. Halverwege stopt hij omdat er ergens een deur in het slot valt. Gespannen kijkt hij om zich heen. Er is niemand te zien.

Hij haalt een keer diep adem en leest op de naamplaatjes dat hij op de derde verdieping moet zijn. Rechts is de trap en links de lift. Hij kiest voor de eerste. Als hij een paar meter van de juiste deur is verwijderd, staat hij stil. Zijn opgewonden lijf wil niets liever dan naar binnen gaan, maar zijn hoofd twijfelt.

Wat als het niet serieus is? Eén grote leugen?

'Zoek je iemand?'

Een jongen die eruit ziet alsof hij dronken of stoned is, kijkt hem indringend aan.

'Eh... nee, ik moet hier zijn.'

'Weet je het zeker? Ik denk namelijk dat er niemand thuis is. Maar ga je gang.' De jongen lijkt niet van plan een stap te verzetten.

Wat moet die gast van me?

Nadat hij heeft aangebeld, hoort hij voetstappen in een snel tempo dichterbij komen. Op het moment dat de deur opengaat, lijkt het even of zijn hersens stoppen met werken.

Hun ogen tasten elkaar nieuwsgierig af. Wie het eerst glimlacht, is niet duidelijk, maar het zorgt er wel voor dat zijn spieren langzaam ontspannen. Zonder een woord te wisselen, lopen ze de schemerige kamer binnen. Er hangt een aparte geur die hij niet thuis kan brengen.

Twee brandende kaarsjes op de tafel zorgen ervoor dat hij nog net kan zien waar hij zijn voeten neer moet zetten. De muziek op de achtergrond herkent hij, maar de naam van de zangeres schiet hem niet te binnen. Ook de zinnen die hij had geoefend zijn verdwenen.

'Ik wist wel dat je zou komen. Doe je je jas niet uit? Wil je een biertje?'

Twee vragen die hij met één knikje beantwoordt. Zijn leren jack hangt hij over de dichtstbijzijnde stoel. In de keuken hoort hij de deur van de koelkast dichtslaan. Met een vriendelijk knikje neemt hij even later het flesje aan.

'Ik was nogal verbaasd dat je me belde. Of, nou ja... ik weet natuurlijk ook wel dat jij... dat we elkaar... maar ik... ik vind het super hoor. Je ziet er goed uit.' Het klinkt alles behalve spontaan.

6

'Dank je wel. Kom, we gaan even zitten.'

Omdat de bank in het midden doorzakt, vallen ze zowat over elkaar heen. Hij lacht, maar schuift wel een stukje opzij.

Voorzichtig neemt hij een slok. Het liefst zou hij het flesje in één teug leeg willen drinken, maar hij beheerst zich. Dat is wat hij zich heeft voorgenomen: niet te hard van stapel lopen. Eerst de situatie goed inschatten.

Als hij een hand op zijn bovenbeen voelt, gaat er een aangename rilling door hem heen en vergeet hij even te ademen.

Zo snel?

Hij buigt zich naar voren, pakt het flesje en neemt een paar gulzige slokken.

De hand op zijn been beweegt langzaam op en neer. Steeds iets krachtiger, steeds iets hoger.

'Kom, we gaan naar de slaapkamer,' wordt er gefluisterd.

Ergens ver weg in zijn hoofd is er een gedachte dat er iets niet klopt, dat het niet normaal is om na vijf minuten in bed te belanden, maar hij is te opgewonden om nog helder na te kunnen denken. Hij laat zich meenemen en kijkt toe hoe de twee mooie slanke handen de knopen van zijn hemd losmaken. Het zweverige gevoel in zijn hoofd maakt hem wiebelig.

Het zijn hun lippen die de spanning doorbreken. Zo gulzig, zo lekker.

Zijn kleren worden soepel en trefzeker van zijn lijf geschoven. Zijn lijf staat niet meer in verbinding met zijn hoofd. Hij sluit zijn ogen en luistert naar de opgewonden geluiden die zijn oor in worden geblazen. Voordat hij het beseft, ligt hij op het bed.

Ik wil meer. Ik wil alles.

De deur wordt gesloten en het licht wordt gedimd.

'Ik kleed me ook even uit. In de badkamer. Ik wil je verrassen. Je mag niets zien, daarom krijg je een blinddoek om. Niet afdoen.'

Hij knikt en doet wat er van hem wordt gevraagd. De aangename spanning verdrijft het waarschuwende stemmetje in zijn hoofd. Verbazend snel voelt hij het lichaam weer naast zich. Hij denkt stof te voelen in plaats van blote huid.

Zijn armen worden tegen de spijlen van het bed geduwd. Er is wel een moment van vertwijfeling als zijn handen worden vastgeklikt.

Handboeien?

De zuigende natte mond neemt hem mee in een wereld waarin stoppen geen optie is. Lippen worden tegen zijn oor gedrukt.

'Dit ga je heel lekker vinden. Je hebt het verdiend. Je gaat er niets van voelen. Vanaf nu...'

Dan voelt hij plotseling een venijnige prik in zijn bovenarm.

Hij trekt zo hard aan de bedrand dat de tranen in zijn ogen springen. 'Wat doe je?'

Wat is dit? Een beest? Spuit?

'Los! Maak me los!' Honderden gedachten flitsen door zijn hoofd, maar ze worden steeds vager. In paniek schudt hij zijn lichaam heen en weer. De zijkant van zijn hoofd slaat tegen de rand van het bed. Met alle kracht probeert hij zich los te rukken. Het ijzer van de boeien snijdt in zijn polsen.

'Hou op! Ik wil dit niet. Kappen nu.'

Er komt geen antwoord. Alleen een minachtend lachje.

Hij voelt de kracht uit zijn lichaam wegvloeien. Zijn spieren verslappen, alsof hij een vrije val maakt.

Als hij zijn kluisje opent, is het alsof hij een stomp in zijn maag krijgt.

Hier hadden ze dus zo'n lol om. Eikels.

Aan de binnenkant hangt een foto van een naakte, gespierde jongen. Zonnebankbruin, met gebleekte tanden en een niet normale sixpack.

Hij rukt het blaadje los, frommelt het in zijn tas en smijt het deurtje dicht.

Klootzakken. Had ik het niet op slot gedaan?

Fleur kijkt hem vragend aan. 'Wat was dat?'

'Niks.'

'Bowie, houd iemand anders voor de gek. Wat stopte je in je tas?'

'Een blote gast, oké? Kom, we gaan.' Hij draait zich hoofdschuddend om. Fleur komt naast hem lopen. Ze zegt niets.

Heel goed. Niets zeggen. Je begint het te snappen.

Hij aarzelt een moment als hij voor de deur van het wiskundelokaal staat. Havo 4B. Achtentwintig leerlingen. Vijftien meisjes en dertien jongens.

Met opgeheven hoofd loopt hij naar zijn plaats. Waarschijnlijk hebben ze hem wel binnen zien komen, maar zoals altijd trekken de macho's alle aandacht. Ze zijn met zijn vieren, zitten achter in de klas en hebben het absoluut voor het zeggen. Als iemand daar aan twijfelt, laten ze dat heel graag op een niet al te vriendelijke manier weten.

De vulgaire gebaren ontgaan hem niet.

Niet reageren.

Hij loopt voor de eerste rij langs. De vaste plaats van de nerds, vijf stuks. Vier jongens en één meisje. Ze zijn nogal saai, hebben niet veel vrienden, wel veel talenten. Die durven ze niet te laten zien omdat ze weten dat ze dan ongenadig worden afgezeken. 'Bowie en Fleur, kunnen jullie een beetje opschieten?' Het is de bulderende stem van meneer Van Zeyl. Zijn bijnaam is de otter, vanwege de onaangename geur, zeg maar gerust stank die hij verspreidt.

Fleur legt een hand op zijn bovenarm en knijpt er zacht in.

De tweede rij. De rij van de rugzakken. Drie jongens: een autist en twee adhd'ers.

De derde rij wil je heel snel passeren. Daar zitten namelijk de beauty bitches. Vijf stuks. Dat ze beauty's zijn vinden de meiden zelf, bitches is de mening van de rest van de klas. Ze zijn alleen maar bezig anderen af te zeiken. Is het niet over hun uiterlijk, dan wel over hun doen en laten.

Fleur stopt bij de vierde rij. Haar rij. De lekkertjes, ook vijf stuks. Allemaal meiden. Ze zijn echt mooi en hot en ze zijn in tegenstelling tot de beauty bitches aardig én slim. De meiden uit de klas hadden hem in deze groep willen plaatsen, maar daar hadden de macho's een stokje voor gestoken.

Gewoon jaloers!

Op de vijfde rij zitten de grijze muizen, vier stuks. Drie meiden en één jongen. Ze maken zich het liefst onzichtbaar. Volgens de regels van Rem niet de moeite waard om over te praten.

Hij staat stil bij zijn rij, de zesde. De rij van de losers, slechts twee stuks. Hij heeft zich zonder veel tegengas in de laatste groep laten plaatsen, samen met Nadine, een meisje dat redelijk goed kan leren, een normaal uiterlijk heeft, maar de pech heeft dat ze de dochter is van meneer De Poorter, de biologieleraar. Sinds de keer dat De Poorter ten overstaan van de hele klas een opmerking had gemaakt over Aïsha's kleding, ligt Nadine buiten de groep.

Ze vragen er niet om gepest te worden, maar het gebeurt wel. Niet iedere dag. Het feit dat hij niet weet welke dag wel en welke niet, maakt hem behoorlijk onzeker. Vandaag is het een pestdag. Er komt vast nog meer. Die schijnheilige gezichten, het achterbakse gelach in de pauze.

Hij zet zijn tas op de grond en schuift zijn stoel naar achter. Meneer Van Zeyl knikt vermoeid en begint aan een totaal oninteressant verhaal.

Dat die man zichzelf na al die jaren nog kan aanhoren.

Er wordt overdreven gezucht als na vijftig minuten eindelijk de zoemer gaat. Vanuit zijn ooghoeken ziet hij Rem en zijn vrienden dichterbij komen.

Niet reageren.

Ter hoogte van zijn tafel blijven ze stilstaan. Zonder een woord te zeggen legt Rem tergend langzaam een hand op zijn etui.

Blijf af, klootzak.

De inhoud valt op de grond. Rem schopt de pennen en potloden één voor één onder de verwarming. Tim en Zaïr staan er met hun neus bovenop. Ze zeggen niets en verlaten even later samen met de overige leerlingen het klaslokaal. Behalve Fleur. Zij loopt naar de radiator, haalt zijn spullen er onder vandaan en legt ze terug op zijn tafel.

Fleur, volgens de indeling van Rem dus een van de lekkertjes.

Dé lekkerste.

Daarin moet ik hem wel gelijk geven.

Goed figuur, blond en brains. En niet te vergeten, ze heeft de zwarte band bij judo. Een meisje met ballen dus. En dát heeft ze laten zien na de breuk met Rem. Hij had het overduidelijk niet kunnen accepteren dat zij het uit had gemaakt en had haar op een ziekelijke manier in de gaten gehouden. Na een week had ze in het bijzijn van de hele klas groepen: 'Kap ermee, het is echt over en uit!' Rem had erom gelachen, maar tot vandaag de dag had hij zijn verlies duidelijk niet kunnen accepteren.

Rem zal het nooit toegeven, maar dat Fleur met mij wel zo close is, maakt hem gek.

Ze kijkt hem vermoeid aan.

'Wat een eikel. Dat ik hém ooit leuk heb gevonden. Je moet hem een keer goed op zijn smoel slaan.'

Hij staat op en stopt zijn spullen in de tas. 'Daar zit hij alleen maar op te wachten. Niet reageren, werkt het beste.'

Fleur schudt haar hoofd. 'Jij altijd met je niet reageren. Geloof je het zelf? Dan zou het toch allang gestopt zijn? Je moet eindelijk eens een keer naar meneer Peters gaan. Of nog beter: bij de directeur binnenstappen.'

'Nou, nee. Dank je. Ik los het zelf wel op. Wat ik ook moet doen is opschieten. Ik moet werken. De nieuwe collectie is binnen.'

Fleurs gezicht klaart meteen op. 'Gaaf. Mag je zeker weer iets nieuws uitzoeken? Jij hebt echt een mazzelbaantje. Laat je me weten als er iets voor mij tussen zit? Dan kom ik even passen.'

'Mazzel? Ik heb gewoon geen andere keuze.'

Samen fietsen ze richting Zuid. De chique buurt. Daar is de winkel van zijn ouders en Fleur woont er twee straten vandaan. Net zoals Rem trouwens. Die is een paar jaar geleden schuin tegenover haar komen wonen.

Kan ie haar kwijlend bespieden. Kansloze missie.

Ze legt haar hand op zijn arm. 'Hoever ben jij al met je gedicht? Weet je hoe vet het is als dat van jou wordt uitgekozen? Jij bent daar hartstikke goed in. Morgen is de laatste dag dat je het kunt inleveren.'

'Oh, shit, helemaal vergeten. Ik moet er nog aan beginnen. Heel fijn. Dat wordt nachtwerk dus.'

'Even doorbikkelen. Ik zie je morgen. En... laat je niet gek maken door die eikels.'

Hij kijkt haar na en zucht.

Zij heeft gemakkelijk praten.

Ze hadden de opdracht al zeker een maand geleden gekregen. Mevrouw Roderik was helemaal overgelopen van enthousiasme toen ze vertelde dat het beste gedicht kans zou maken voorgelezen te worden op de Dam tijdens de dodenherdenking.

Hij moest er niet aan denken.

Als hij met tegenzin de kantoorruimte achter de winkel binnenloopt, struikelt hij over de grote hoeveelheid dozen. Moedeloos laat hij zich op een stoel vallen en luistert geïrriteerd naar het gesprek dat zijn vader met een klant voert.

'Het staat u heel mooi, de kleuren versterken uw ogen, bla, bla, bla.'

Twee keer per week werkt hij zelf ook noodgedwongen in de winkel. Zaterdag de hele dag en op koopavond, vandaag dus.

Een ding wist hij zeker, zodra hij zijn diploma had, was hij hier weg. Hij kon dat geslijm geen jaren volhouden.

De deur gaat open. Zijn moeder komt op hem af gelopen en kijkt hem lachend aan.

'Hé, hallo jongen, hoe was het?'

'Wat?'

'School natuurlijk. Wat reageer je chagrijnig. Is er iets?'

'Nee, wat zou er moeten zijn?'

Zijn moeder trekt een 'moet-dat-nu-gezicht' en strijkt even door zijn haar.

'Mam, hou op. Hoe vaak heb ik je nu al gezegd dat je dat niét moet doen?'

'Sorry, hoor, maar ik vergeet soms dat je niet meer dat knuffelige jongetje van vroeger bent.'

Hij schudt zijn hoofd, staat op en kijkt haar vragend aan.

'Oh, je wilt meteen beginnen? Graag eerst de dozen uitpakken en daarna in de winkel helpen.'

Zuchtend hijst hij zich overeind en begint aan de saaie klus.

De foto van die playboy in zijn kluisje schiet door zijn kop. Hij weet dat het een zogenaamd leuk geintje van Rem was. Een van de schreeuwers uit de klas. Hij is groot, gespierd en hij heeft sinds kort iets van een baardje. Erg stoer en mannelijk. Over een maand wordt hij zestien, maar ze hebben hem al verschillende keren op zijn gloednieuwe scooter zien rijden. Rem staat er wat punten betreft slecht voor, maar daar heeft hij schijt aan, tenminste dat roept hij na iedere onvoldoende. Een diploma is volgens hem bijzaak. Hij is ervan overtuigd dat hij een ruime toelage van zijn ouders zal krijgen. 'Mijn vader verdient bakken met geld,' bralt hij dagelijks door de klas.

Het is bijna niet te geloven dat ze op de basisschool beste vrienden zijn geweest. Vaak hadden ze vanuit het dakraam de buurtkinderen met zelfgemaakte pijlen beschoten. Jarenlang hadden ze samen gefietst en geskatet op het pleintje achter hun huis. Over die tijd praten is vragen om de doodstraf. Vanaf de brugklas waren ze minder met elkaar opgetrokken. Rem had vanaf de eerste dag een ziekelijke belangstelling voor meisjes gehad. Hij niet of minder en daarmee was hij vanaf dat moment vriend af. Daar had hij mee kunnen leven, zeker omdat Fleur hem ook op de middelbare wél als vriend was blijven zien.

De eerste drie jaar op school waren redelijk relaxed verlopen, maar daarna was het een hel geworden. Door één lullige opmerking van Zaïr. Eén lullige opmerking, zo hard door de klas geroepen dat het in de aula te horen moet zijn geweest.

Als Bowie geen homo is, dan scheer ik mijn kop kaal.

Rem had het hardst gelachen.

Het is half negen als hij zich doodmoe van het gesjouw op zijn bed laat vallen. En dan ook nog een berg huiswerk. Het gedicht dus. Onderwerp: vrijheid.

Wat moest hij dáár nu mee?

Hij opent zijn laptop. En in tegenstelling tot de moeizame, slopende dag, komen de woorden verrassend gemakkelijk op papier.

Omdat ik 'anders' ben

Ik ren en ren en ren
omdat ik anders ben
Ik ren hard
Straat na straat
Maar hoe hard je ook gaat
Ze zullen me inhalen
En laten betalen
Voor wie ik ben

Hoe hard ik ook ren
De angst maakt me kapot
Ik zet mezelf op slot
Maar soms durf ik wel heel even
toe te geven.
Dat ik anders mag zijn
En ook al voelt dat fijn
Het is...

Het lawaai op straat leidt hem af. Hij doet zijn oortjes in, leest de zinnen nog een keer en tikt gedreven verder. Het lucht op, maar hij twijfelt of hij het in durft te leveren.

Het is wel een meidengedicht.

Zijn telefoon trilt. Het is al tien voor elf.

Fleur waarschijnlijk.

En? Was het een lekker ding? Wordt morgen vervolgd...

Hij ziet weer het lachende gezicht van Rem voor zich. Waarschijnlijk hing hij ergens in de stad rond met Zaïr en Tim en vermaakten ze zich met het bedenken van de volgende actie. Hij gooit zijn telefoon op zijn bureau en loopt volkomen doelloos zijn kamer op en neer totdat hij een nieuw bericht ontvangt.

Wiggle Wiggle Wiggle Wiggle Wiggle yeah
I'm sexy and I know it ;-)

Hét liedje - dat sinds hij vorige maand in een lichtblauwe skinnyjeans op school was verschenen - dagelijks in de klas, op de gang, en in het fietsenhok wordt gezongen. Hij kan zich nog iedere seconde van dat klotemoment herinneren. Zaïr was op die bewuste dag heel dicht tegen hem aan komen staan en had geroepen: 'Wow, jongens, check this. Bowie in zijn gayjeans.' Het bijbehorende dansje, waarbij hij provocerend met zijn heupen naar voren stootte, had bij een deel van zijn klasgenoten voor een hoop lol gezorgd. De broek heeft hij weggedaan. De angst is gebleven.

In het donker loopt hij naar beneden. Zijn ouders zijn al naar bed. Op de tast zoekt hij zijn weg naar de tv. Hij zapt en blijft hangen als een halfnaakte vrouw de kijker met hese stem uitnodigt haar te bellen. Geïrriteerd zet hij het apparaat uit en laat zich in de kussens zakken. Als er ergens een deur dichtklapt, schiet hij overeind.

Het gebeurt hem de laatste tijd wel vaker dat hij zomaar schrikt.

Als Bowie geen homo is dan scheer ik mijn kop kaal.

Waarom denken ze dat zo zeker te weten? Zijn het mijn kleren? Loop ik als een homo? Is het mijn stem?

En wat nou als het echt zo is?

Hij pakt het kussen en drukt zijn hoofd erin. Net zo lang totdat hij er misselijk van wordt. Nog draaierig loopt hij even later de trap weer op.

BOWIE

Wakker worden is altijd al een straf geweest, maar het laatste halfjaar is het echt killing. Gelukkig is het bijna weekend. Hij zoekt gestrest naar zijn telefoon. Geen nieuwe berichten.

Als ik thuis blijf, hebben ze hun zin en zullen ze me maandag met een smile op hun gezicht vragen waarom ik niet op school was. Dat plezier gun ik ze niet.

Na het douchen laat hij zowat zijn halve garderobekast door zijn handen gaan. Uiteindelijk kiest hij voor een spijkerbroek en een zwart shirt. Wel met een roze randje.

Als hij beneden komt treft hij zijn vader bij het aanrecht aan. De laatste jaren loopt het niet meer zo lekker tussen hen. Niet dat ze ruzie hebben, maar het draait steeds vaker op een woordenwisseling uit. De afstand tussen hen wordt groter. Dat is hem nog duidelijker geworden nadat zijn vader laatst ongevraagd een onvergefelijke opmerking: 'Homo's hebben een afwijking,' had gemaakt.

Fijn!

In plaats van een opbeurende goedemorgengroet, is er een ontmoedigende preek. 'Je bent laat. Ruim je vanmiddag je zooi op die nog in de woonkamer rondslingert? Daar heb je vandaag toch wel tijd voor?'

'Nee.'

'Hallo! Je kunt wel normaal reageren hoor.'

'Dat kan ik dus niet. Is zeker erfelijk.' Geïrriteerd loopt hij naar de kamer. Zijn moeder telefoneert en gebaart dat ze hem nog iets wil zeggen. Hij doet alsof hij het niet heeft gezien en besluit dat

19

het beter is het huis met onmiddellijke ingang te verlaten.

Het is tien minuten fietsen naar school. De eerste vijf minuten voelt hij zich redelijk rustig, maar zodra hij de woonwijk in fietst, is er een opgejaagd gevoel dat hij nauwelijks kan controleren. Het lijkt alsof zijn hart en hoofd op hol slaan. Vanaf hier kunnen ze hem in iedere zijstraat op staan wachten. De afgelopen maand is het twee keer gebeurd. De eerste keer waren Rem en Zaïr zwijgend voor hem gaan rijden en steeds als hij hen in had willen halen, waren ze op de rem gaan staan. Hij was via een omweg naar school gefietst en had van zijn mentor een waarschuwing gekregen omdat hij tien minuten te laat was gekomen. De tweede keer hadden ze hem op een onverwacht moment van de fiets getrapt. De blauwe plekken op zijn rechterheup zijn sinds gisteren groengeel gekleurd. Ze waren doorgereden, maar hadden hem bij aankomst in de fietsenstalling lachend opgewacht. Zaïr had hem zelfs een massage aangeboden.

Zaïr is de oudste van de klas. Hij doet ontzettend zijn best om een van de macho's te blijven. Niet iedereen is het met zijn titel eens, maar wel over het feit dat het de grootste meeloper ever is. Het schijnt dat Zaïr erg streng wordt opgevoed en thuis helemaal niets te zeggen heeft. Dit compenseert hij op school. Alleen als Rem in de buurt is en zijn goedkeuring geeft.

Zielige meeloper is het.

Deze ochtend blijven hem de pijnlijke vernederingen bespaard. In de aula gaat hij op een veilige afstand van de ingang zitten. Het voelt dubbel als de meiden uit zijn klas hem vrolijk begroeten. Hij is één van hen maar daarmee wordt de toegangsweg tot de jongens nog meer geblokkeerd. De veel te blije brugklassers, die door de aula stuiteren, probeert hij te negeren.

Na een paar minuten komt Fleur naast hem zitten. 'Hoi, wat zit je hier alleen? Of probeer je je te verstoppen voor mij? Is het gelukt met het gedicht?' vraagt ze hem met een lieve, vrolijke stem.

Hij is blij haar te zien en vooral opgelucht dat ze in een goed humeur is. Dat is de laatste tijd ook maar afwachten. Op sommige dagen is Fleur zonder duidelijke reden niet te genieten. Dan kan ze al uit haar slof schieten als iemand haar in de weg loopt. Op andere dagen is ze juist heel vrolijk en kan niets of niemand haar humeur bederven.

'Ja... nee, niet echt. Ik weet niet of ik het durf in te leveren.'

'Waarom niet?'

'Omdat het té persoonlijk is.'

'Dan wil ik het zeker lezen. Je hebt toch geen geheimen voor mij?' Ze legt haar hoofd vleierig op zijn schouder.

'Nou... dat weet je maar nooit. Misschien mag je het ooit nog eens lezen. Kom, we gaan. Dan ben ik omgekleed voor de anderen er zijn. Ik heb geen zin in gezeik.'

Ze kijkt hem beteuterd aan, maar hij loopt alvast in de richting van het jongenskleedlokaal.

'Tot straks,' hoort hij haar nog zeggen.

Hij is inderdaad de eerste. Als hij in zijn onderbroek staat, wordt de deur opengegooid. Alsof Rem en zijn vrienden op dit moment hebben gewacht. Minstens de helft van de jongens stormt op hem af. Hij gaat meteen zitten en trekt zijn handdoek over zijn onderlichaam. Rem loopt hem voorbij met een grote smile op zijn face.

Laat me alsjeblieft met rust.

Na een minuut kan hij weer normaal adem halen. Heel even maar, want nog geen minuut later komt Rem wijdbeens voor hem staan. 'Bowie, zie ik het goed? Scheer jij die body van je, of heb je echt geen mannelijke hormonen? Wat een glad huidje. Glijdt wel lekker natuurlijk. Ga eens even staan, dan kunnen we het beter zien.'

Hij reageert niet op het verzoek en zoekt houvast aan de planken van de bank.

Net als Rem aanstalten maakt om hem overeind te trekken, komt meneer Faber binnen.

Het wordt opvallend stil.

'Wat is hier aan de hand?'

Zaïr staat op. 'Niets, meneer. Gaan we een potje zaalvoetballen?'

'Nee, vandaag niet. Ik wil dat jullie binnen drie minuten omgekleed in de zaal staan. Opschieten dus.' En weg is 'ie.

Rem loopt heupwiegend naar de andere kant van de kleedkamer.

Zou Faber echt niets in de gaten hebben, of steekt hij liever zijn kop in het zand?

Ineengedoken trekt hij zijn gymkleren aan en hij verlaat zo snel mogelijk het kleedlokaal. Het gedempte gezang van wiggle, wiggle, wiggle, dreunt na in zijn hoofd.

Hij gaat in de buurt van Faber op een bank zitten. Het duurt zeker nog een minuut of vijf voordat de anderen zijn omgekleed. Alleen de jongens dan. De meiden hebben turnles in de aangrenzende zaal.

Er staat trefbal op het programma. De groep wordt in tweeën verdeeld. Rem zit niet bij hem in het team.

Hij gaat me afmaken.

De eerste paar minuten kan hij zich verschuilen achter de brede rug van Tom, maar als Tom opzij springt, komt de bal met een enorme vaart op hem af. Tot zijn eigen verbazing vangt hij hem.

Hij blijft in de spottende ogen van Rem kijken en beweegt zijn arm naar achter. Rem vertrekt geen spier.

Je mag niet op iemands hoofd richten. Bullshit. Ik knal die rotkop van je lijf.

Zo hard als hij kan, knalt hij de bal naar voren. Rem bukt op tijd en kijkt hem vervolgens vuil aan. Daarna volgt een vernederend lachje. Zaïr zorgt ervoor dat de bal weer bij Rem komt.

Blijf hem aankijken en blijf rechtop staan.

Rem houdt oogcontact, maar in plaats van te proberen hem zo hard mogelijk te raken, begint hij keihard te lachen. Hij laat de bal zogenaamd per ongeluk uit zijn handen vallen en draait zich om. De resterende tijd negeert Rem hem totaal.

Na dik een halfuur mogen ze kiezen: nog wat klooien met de bal of aankleden. Opgelucht kiest hij voor het laatste. Helaas besluit het overgrote deel van zijn klasgenoten hetzelfde.

Omkleden en wegwezen dus.

Hij haalt zijn tas onder de bank vandaan. Het wordt akelig stil... totdat Zaïr het geluid van een ontploffing nabootst.

De gedachte dat er ieder ogenblik echt iets uit zijn tas vliegt of springt, maakt hem bloednerveus, maar hij wil zich niet laten kennen. Met klamme handen trekt hij de rits open.

Godverdomme, wie doet dit?

Boven op zijn kleren ligt een witte klodder.

Hij tilt de tas op en loopt met gebogen hoofd naar de douches.

Achter hem wordt hard gelachen.

Het spul zit voornamelijk op zijn broek. Hij sluit de deur, haalt het besmeurde kledingstuk eruit en houdt het onder zijn neus. Het is slagroom. Met zijn handdoek wrijft hij het plakkerige spul eraf. Ter hoogte van zijn kruis blijft een grote natte plek zichtbaar. Zijn shirt is te kort om het te bedekken. Hij trekt zo hard aan de stof dat deze scheurt.

Klootzakken.

FLEUR

Het is een grote chaos als ze na de gymles het lokaal binnenkomt.

De macho's hebben vast iets uitgevreten. Toch niet weer met Bowie?

Mevrouw Roderik verheft haar stem en richt zich tot de lachende meute achterin. 'Heren, mag ik weten waar dit over gaat?'

'Ja hoor. Over een heerlijk slagroombroekje, uh... toetje. Echt om je vingers bij af te likken. Bowie kan u er alles over vertellen,' antwoordt Zaïr. Er volgt luid gelach van de achterste rij.

De lerares haalt haar schouders op, schudt haar hoofd en draait zich om.

Wat een stelletje kleuters. Ze moeten ermee kappen.

Ze bijt op haar kiezen en het lukt haar de scheldpartij die in haar hoofd dreunt, binnen te houden. De laatste tijd kost het haar steeds meer moeite het opgejaagde gevoel te onderdrukken. Ze zoekt tevergeefs oogcontact met Bowie en betrapt zichzelf er weer op dat hij sinds een aantal weken andere gevoelens bij haar oproept.

Wat moet ze daar toch mee?

Als mevrouw Roderik plotseling naast haar staat om haar gedicht in ontvangst te nemen, haalt ze het zuchtend tevoorschijn. Het is haar niet gelukt iets fatsoenlijks op papier te krijgen. Ze knikt als er wordt gezegd dat ze wel bij de les moet blijven.

Als de lerares bij Bowies tafel staat, buigt hij zich over zijn tas.

Het duurt wel erg lang voordat hij het gevonden heeft.

Zou hij het niet durven in te leveren?

Achter in de klas wordt gegrinnikt. Als Bowie zijn schouders ophaalt, loopt mevrouw Roderik hoofdschuddend verder.

Ze probeert strak naar het bord te kijken, maar het lukt haar niet haar ogen van hem af te houden.

Niemand mag hem pijn doen. Ik moet hem beschermen.

'Fleur van Steenwijk, waar ben je met je gedachten?'

Wilt u het echt weten? Bij Bowie. De hele dag.

Zonder de lerares aan te kijken, slaat ze haar boek open.

Ze voelt zich met de dag schuldiger. Sinds ze de relatie met Rem heeft verbroken en weer veel vaker met Bowie optrekt, moet hij het nog meer ontgelden. Rem kan er nog steeds niet mee leven dat het echt over is tussen hen. Haar duidelijke afwijzing had hem even op afstand gehouden, maar de laatste tijd voelt ze weer constant zijn hete adem in haar nek.

Het kon toch niet zo zijn dat het nog steeds niet tot hem was doorgedrongen dat ze hem niet meer terug wilde? Ze snapt zelf echt niet waarom ze verkering met hem heeft gehad. Omdat ze indruk had willen maken op haar vriendinnen?

Hij maakt haar bloednerveus met zijn berichtjes en zijn jaloerse blikken. Het lijkt alsof hij haar iedere minuut van de dag in de gaten houdt. Zijn laatste bericht heeft haar de stuipen op het lijf gejaagd.

Als hij dat echt gaat doen, ga ik dood.

Als de zoemer gaat, staat mevrouw Roderik plotseling weer naast haar. 'Fleur, wat is er met je? Je bent er niet bij en je reageert de laatste tijd zo anders, zo kortaf. Als er iets is, dan wil ik dat graag weten.'

'Nee, er is niets. Ik moet nu gaan.' Ze staat op, pakt haar tas en loopt het lokaal uit.

Waar is Bowie?

Ze ziet hem nergens en voelt een lichte paniek opkomen. Dan bedenkt ze dat hij al naar huis is, omdat zijn mentoruur vandaag vervalt. Zelf heeft ze een tussenuur.

Sira komt naast haar lopen. 'Wat moest Roderik allemaal van je?'

'Niks. Vind jij mij ook anders?'

Sira kijkt haar bedenkelijk aan. 'Hoezo? Wat bedoel je?'

'Gewoon, vind jij mij anders dan anders?'

'Nou, nee. Ja, misschien soms. Je lijkt af en toe in een andere wereld te zijn. Bedoel je dat? Ben je verliefd? Ja, natuurlijk, dat is het. Op wie?'

'Doe normaal.'

'Het is Bowie hè.'

'Natuurlijk niet. Blijven jullie dat nu denken? Bowie en ik zijn goede vrienden meer niet. En het zou nogal kansloos zijn, denk je niet?'

Sira lacht en haalt haar schouders op. 'Bedoel je dat hij misschien op jongens valt? Dat is mij niet duidelijk hoor. Volgens mij is 'ie gewoon een beetje vrouwelijk, maar dan hoef je toch niet meteen homo te zijn? En een beetje gay is best oké. Heb jij hem dat dan nooit gevraagd?'

Ik wil het er niet over hebben.

'Sira, weet je wat wij doen? We blijven lekker vrijgezel. Kunnen we die macho's uit de klas laten denken dat ze nog een kans maken. Behalve Rem natuurlijk.'

'Zo is het. Goed plan, Fleur. Weet jij trouwens wat er net was met Bowie?'

'Geen idee. Waarschijnlijk hebben ze tijdens gym weer iets lulligs met hem uitgehaald. Ik snap niet dat hij het steeds maar weer laat gebeuren. Iedereen, behalve die zogenaamde stoere jongens, staat achter hem.'

Sira spreidt haar handen in de lucht en schudt haar hoofd.

'Hij is inderdaad een van de leukste en zeker de lekkerste jongens in de klas. Toch?'

Ze blijft wel van hem af.

'Zeker weten. Ik mag mijn zwarte band niet misbruiken, maar er zijn momenten waarop ik me echt in moet houden.'

Sira pakt haar hand vast. 'Badgirl. Kom we gaan een broodje kroket kopen. Ik trakteer.'

'Goed idee. Anders stort ik zeker in bij wiskunde.'

Op vrijdag zijn haar ouders later thuis. Niet dat ze dat erg vindt, maar het is wel wennen. Zeker zonder het gekibbel met haar oudere zus Anne. Die is een jaar geleden op kamers gegaan in Amsterdam. Of beter gezegd: ze is het huis uitgevlucht.

Anne en papa waren elkaar steeds vaker in de haren gevlogen. Anne wilde meer vrijheid en papa wilde haar juist beschermen voor alles en iedereen. De laatste ruzie die ze hadden gehad zal ze nooit vergeten. Anne had tijdens het eten doodleuk verteld dat ze met school was gestopt. Ze wilde namelijk samen met haar vriendje een opleiding tatoeëren gaan volgen in Amsterdam en later een eigen zaakje beginnen. Haar vader had haar voor gek verklaard en voor van alles en nog wat uitgemaakt, waarna Anne was opgestaan om haar spullen te pakken en vervolgens met veel kabaal te vertrekken. Pas na drie maanden had ze weer iets van zich laten horen.

Ze heeft het haar zus in het begin best kwalijk genomen dat ze ook haar als een baksteen had laten vallen. Dat ze haar alleen achterliet met ouders die nu alle aandacht op hun jongste dochter konden richten. Gelukkig hebben zij de laatste tijd weer goed contact en is ze al een paar keer bij Anne gaan logeren. En hoe haar ouders de keuze van Anne ook verafschuwen: het getuigt wel van lef en doorzettingsvermogen als je je diploma tattoo artiest helemaal op eigen houtje binnen een jaar haalt. Die zaak komt er ook. Ze heeft al vrijwel alle spullen gekocht. Het is een kwestie van tijd en geld.

Ze sluit de achterdeur, graait een pak koekjes uit de kelder en loopt de trap op. Op haar kamer haalt ze haar telefoon tevoorschijn. Ze heeft een whats'appje van Rem. Wat moest die nu weer van haar?

Hé Fleur. Je was snel weg vanmiddag. Ga je vanavond mee naar die nieuwe tent op de Markt? Een vriend van me werkt daar. Hij vraagt niet naar je leeftijd, dus de drank is geen probleem. Maar jij ziet er echt wel uit als achttien. Als ze twijfelen, kan ik ze een mooie sexy foto laten zien.

Wat een klootzak. Dat gaat hij niet doen! Hoe kan hij nu denken dat ik met hem meega? No way.

Ze loopt naar het raam en sluit het gordijn.

Hij staat me waarschijnlijk weer te begluren. Hij weet alles van me. Veel te veel. Wat is hij van plan? Ik ga me niet laten chanteren!

Ze stuurt een berichtje terug.

Is inderdaad een leuke tent. Maar ik ga liever met Bowie.

Dan moet ze hem wel zover krijgen. *Please, neem nu op.*

'Hoi Fleur.'

'Hoi. Weet je wie me net vroeg om vanavond mee uit te gaan?

Naar die nieuwe tent Astrix op de Markt?'

'Nee, hoe kan ik dat weten?'

'Rem.'

'Oké.'

'Je doet net of dat normaal is.'

'Ja, misschien wel?'

'Hallo! Het is uit ja! Ik wil niets meer van die gast. Wat was dat trouwens vanmiddag?'

'Ach niks, laat maar. Astrix schijnt wel een goeie tent te zijn. En geen alcoholcontrole.'

'Zal best, maar dan moet je er wel met normale mensen naartoe gaan. Wacht, waarom ga jíj niet met me mee? Ja, dat doen we. Eens kijken hoe ze reageren. Heel goed idee.'

'Nee, dat... sorry Fleur, maar dat ga ik niet doen.'

'Kom op, Bowie. We gaan lekker dansen. Je zegt zelf dat het een leuke tent is en dit is dé manier om Rem eens goed in de zeik te zetten. En... ik heb wel behoefte aan een avondje lekker doorzakken. Mét jou.'

'Ik weet het niet, Fleur. Die gasten op school tegenkomen is meer dan genoeg. Ik hoef ze niet ook nog in mijn vrije tijd te zien.'

'Dit is anders. Ik wil écht graag dansen met mijn dansmaatje. Je moet gewoon mee. Ik kom je ophalen. Tien uur. Doei.'

Ze verbreekt de verbinding voordat hij zich zou kunnen bedenken.

Waarom heb ik Fleur nou toegezegd? Dikke kans dat Rems meelopers daar ook zijn. Maar wat Fleur zegt klopt: het zal hem een enorm kutgevoel geven als hij ons daar samen ziet. En dat gun ik hem.

Toen hij bij Nederlands tijdens de les zijn gedicht tevoorschijn had willen halen, was hij behoorlijk nerveus geworden. Het was namelijk nergens meer te vinden geweest. Hij had mevrouw Roderik wijs kunnen maken dat hij het thuis had laten liggen. Ze zou hem toch niet hebben geloofd.

Hij was alleen naar huis gefietst en had de rest van de middag aan zijn huiswerk gewerkt en voornamelijk op zijn bed gelegen. Piekerend over wat Rem met zijn gedicht van plan zou zijn. Het telefoontje van Fleur had hem even afgeleid.

Hij moest zich niet gek laten maken. Zijn naam stond er niet onder, dus hij kon ontkennen dat het van hem was. Hij kon alles ontkennen, maar hoelang nog? En wilde hij dat wel?

Zijn hoofd bonkt. Hij loopt naar de wastafel en kijkt in de spiegel. *Ik zie er normaal uit. Ik ben normaal toch? Maar als ik het niet kan accepteren, hoe kunnen anderen dat dan wél doen?*

Hij draait de kraan open en duwt de stop in het afvoerputje. Als de wasbak vol is, bukt hij zich en laat hij zijn hoofd centimeter voor centimeter in het koude water zakken. Hij voelt zijn huid kouder en kouder worden.

Zo meteen voel ik niets meer.

Hij wordt opgeschrikt door de trilling in zijn broekzak en knalt met zijn hoofd tegen de kraan. Er schiet een felle pijnscheut door zijn hoofd en hij krijgt een enorme hoestbui. Als hij weer normaal kan ademen, haalt hij zijn telefoon tevoorschijn.

Zullen we eerst wat gaan eten in de stad? Dan kom ik je over een half uurtje ophalen. Xxxxxx Fleur

Waarom zijn meiden altijd zo vasthoudend? Maar wel leuk.

Oké

Hij stuurt zijn moeder een berichtje en doorzoekt zijn kledingkast. Het wordt een strakke jeans met een shirt.

Zeven minuten over zes belt Fleur aan. Telefoon, portemonnee en sleutels en hij snelt de trap af. Met zijn jas al aan maakt hij de deur open. Wat er dan gebeurt, is voor hem totaal onverwacht. Ze kust hem vol op zijn mond. Hij wrijft over zijn lippen en kijkt haar vragend aan. Ze lacht even, maar kijkt daarna of het de normaalste zaak van de wereld is.

Vanaf het moment dat ze in groep zes in dezelfde dansgroep terechtkwamen, hebben ze een speciale band met elkaar. Zij, het stoere meisje, had hem, de toch enigszins verlegen jongen, opvallend vaak als danspartner gekozen. Ook buiten de dansschool was en is het contact dus nog altijd close.

Maar dit is nieuw. Dit is... gek? Lekker?

'Lets go. Ik heb trek en heel veel zin om uit mijn dak te gaan. Zullen we eerst bij Sardinia een pizza gaan eten?'

'Eh, ja, goed idee.'

Man, wat is ze hyper. Iets klopt er niet.

Met een verward hoofd, haalt hij zijn fiets van het slot. Hij hoeft de hele rit naar de markt niets te zeggen want Fleur vertelt enthousiast over een tattoo die ze wil laten zetten. De vriend van haar zus wil het gratis bij haar doen. Volgens haar is hij supergoed. Ze was er laatst bij toen hij bij haar zus een lotusbloem op haar rug had getatoeëerd. Zelf wil ze een Chinees teken onder haar navel en als dat bevalt ook een hartje ergens op haar arm.

Ze heeft eindeloos veel youtubefilmpjes bekeken over verschillende technieken en mogelijkheden.

'En jij bent niet bang voor de pijn?'

'Nee, nou ja misschien een beetje, maar ik ben een bikkel, weet je nog? En wie mooi wil zijn, moet pijn lijden.'

'Vinden je ouders het goed?'

'Nee, maar dat kan me nu even helemaal niets schelen. It's my life.'

FLEUR

Hij schrok van die kus. Maar... hij vond het wel fijn toch?

Ze loopt naar de bar van het restaurant om te vragen of ze nog een plaatsje vrij hebben voor twee personen. Een vriendelijke Italiaan, met de naam Luigi, wijst hen naar een tafeltje bij het raam. Als ze tegenover elkaar zitten, kijkt ze hem nieuwsgierig aan. Hij lacht verlegen, maar richt daarna zijn aandacht snel op de menukaart.

Ze voelt een rilling in haar lijf als hun benen even contact maken. *Wat is dit? Tijdens het dansen is dit zo vaak gebeurd. Ik moet wel normaal blijven doen.*

'Weet je al wat je wilt eten?'

Hij knikt. 'Ik heb zin in een pizza funghi. En een cola.'

'Oké. Ik neem hetzelfde. Bowie, wat was dat nou vanmiddag?'

'Wat bedoel je?'

'Dat gelach na de gymles. Rem zeker weer?'

'Ja. Ze hadden mijn broek ingesmeerd met slagroom.'

'Jezus, wat een kleuters. Ik zal hem vanavond eens...'

'Fleur, als je zo gaat beginnen, ga ik niet mee. Ik wil niet dat jij je ermee bemoeit. We gaan gewoon wat drinken en dansen, meer niet. Oké?'

'Ja, ja. Goed.'

'Hebben jullie al een keuze gemaakt?' vraagt Luigi?

'Ja, we willen graag twee keer pizza funghi en twee cola,' antwoordt ze en ze zoekt in haar hoofd naar de juiste woorden.

'Bowie?'

'Fleur?'

Ze legt haar bestek neer. 'Ik... eh... ik denk dat ik het antwoord wel weet, maar wil je al een tijdje iets zeggen of eigenlijk vragen, maar... ik... eh...'

'Is alles naar wens?' vraagt een meisje dat uit het niets plotseling bij hun tafeltje staat.

Ze knikken tegelijkertijd.

Hij neemt een hap en veegt een klein stukje kaas van zijn té mooie lippen. Dan kijkt hij haar vragend aan. 'Stel je vraag. Als ik het weet, geef ik je een antwoord.'

Shit, ik wil het helemaal niet weten.

Hij blijft haar vragend aankijken. 'Hallo, Fleur. Jij wilde een vraag stellen.'

'Oké, je valt echt op jongens, toch?'

Hij legt zijn vork neer en neemt een slok. Daarna kijkt hij haar langdurig aan, maar zegt niets.

Ja dus.

Ze neemt ook een slokje van haar cola. 'Bowie, waarom zeg je het niet gewoon? Hoe lang zijn wij nu al vrienden? Ik vind het geen probleem hoor.'

Hoorde hij ook de teleurstelling in haar stem?

'Lang. Vrienden, bedoel ik.'

'Nou dan. Als het zo is, waarom praten wij er dan niet normaal over?'

'Als het zo is, ja...'

Even voelt ze een sprankje hoop.

'Is het niet waar dan?' Of ben je bang om er voor uit te komen?'

'Nee, jawel. Ik weet soms zelf niet meer wat ik voel, wie ik ben.'

Hij schuift een stukje pizza op zijn bord heen en weer.

Ze weet even niet wat ze moet zeggen.

Ja, dat ik het niet wil, dat ik...

Hij schraapt zijn keel. 'Waarom weet iedereen het zo zeker? Je zei net toch ook dat je het al wist?'

Ze haalt haar schouders op. 'Nou ja, ik vermoedde het wel.'

'Waarom?'

'Omdat je anders bent dan andere jongens.'

'Hoe anders?'

'Zachter, liever, begripvoller. Je houdt van dansen, van mooie kleren. Je bent niet echt met meisjes bezig, nou ja mezelf uitgezonderd dan. Ha, ha.'

Hij zucht. 'Dan zal het dus wel.'

'Je bepaalt toch gewoon zelf wat of wie je bent. En het is prima. Ik moet gewoon wennen aan het idee dat jij met een jongen...'

'Misschien went het wel helemaal nooit.'

'Heus wel.'

Hij kijkt haar serieus aan. 'Fleur, je klinkt boos.'

Ze neemt nog een grote slok. 'Je moet beloven dat je me niet uitlacht.'

'Hallo, ík jou uitlachen?'

'Ik vind het best stom om te zeggen, maar ik vind je leuk. Echt meer dan leuk, bedoel ik. Pas sinds een paar weken hoor, maar eigenlijk kan dat dus helemaal niet. God, dit is echt stom.'

Hij zegt niets.

Zie je wel, ik zet mezelf compleet voor schut.

Als hij zijn hand op haar arm legt, lacht ze nerveus.

'Hoe lang weet je, of oké, dénk je dat je homo bent?' vraagt ze voorzichtig.

'Geen idee. De twijfels zijn er misschien wel al een half jaar, een jaar? Maar het lijkt wel alsof ik niet mag uitzoeken wie en wat ik ben. Anderen hebben dat al voor me bepaald. Als Bowie geen homo is, scheer ik mijn kop kaal. Toch?'

'Vind je het moeilijk?'

'Ja. Als ze me nu al niet accepteren zoals ik ben, hoe zal dat dan in de toekomst gaan?'

'Maar dan ben je van die stomme gasten af en ontmoet je andere mensen die wel oké zijn.'

Hij schiet in de lach.

'Wat?'

'Ik dacht dat je zei: "die wel gay zijn".'

Ze stompt hem tegen zijn bovenarm. 'Gek.'

'Fleur, er hoeft toch helemaal niets te veranderen tussen ons?'

'Nee, ik moet nu alleen iemand anders zoeken om mee te trouwen en kinderen mee te krijgen.'

Hij trekt een pruillip. 'Maar misschien kunnen we samen wel kinderen krijgen hoor. Als jij nu ook met een vrouw verder gaat, dan kan ik ervoor zorgen dat jij... lijkt me helemaal niet erg hoor.'

'Hou op. Ik val niet op vrouwen!'

'Oké, maar... nou ja... je houdt wel echt je mond. Beloof het me. Ik wil niet dat mijn ouders het via iemand anders te weten komen. Eerst moet ikzelf het een en ander uitzoeken. Ik wil het zeker weten, Fleur.'

'Je weet helemaal niet of je ouders er problemen mee zullen hebben.'

'Oh ja, dat weet ik dus wel.'

'Je moet het ze gewoon vertellen. Je maakt het allemaal veel ingewikkelder dan het is.'

Hij zucht en haalt zijn schouders op. 'Phoe, Fleur, ik wil zo graag weg van hier, weg uit dit bekrompen dorp.'

Nee, dat mag niet. Je blijft hier.

'Je denkt zeker dat je de enige bent. Ik wil ook weg hoor,' antwoordt ze fel. 'Ik vind het zo lastig thuis. Ik stik bijna van de exclusieve aandacht die ze me geven. Maar ik heb helemaal geen zin om het daarover te hebben. Ik wil lol maken mét jou. Vanavond. En weet je wat ik vandaag ook heb bedacht?'

'Dat we samen naar New York gaan? Nee, dat we samen een wereldreis gaan maken?'

'Ja, nee. Dat ik auditie ga doen voor de dansacademie van Lucia Marthas. Maar ik weet niet of ik goed genoeg ben.'

'Dat ben jij. Echt, zeker weten. Jij hebt talent.'

'Zijn jullie klaar met eten?'

Ze kijken elkaar aan en knikken naar het meisje. Daarna pakt ze zijn arm vast. 'Jij mag me nu niet alleen laten in dit saaie gehucht.'

'Ik ben voorlopig nog niet verdwenen, hoor.'

'Dat is je geraden. Ik ga niet zonder jou met de klas naar Amsterdam. Als het niet leuk is gaan we gewoon samen een feestje bouwen. Mijn zus en haar vriend huren daar een kamer, vlakbij de wallen. Daar kunnen we altijd naar toe als we het niet uithouden. We laten ons niet gek maken door gefrustreerde klasgenoten.'

'Onze vriend Rem bedoel je?'
'Rem? Nooit van gehoord.' Ze lacht.

BOWIE

De bekentenis van Fleur houdt hem bezig totdat de kroegen in zicht komen. Vanaf dat moment is er maar één persoon aan wie hij kan denken. Aan de hoeveelheid fietsen te zien is het druk bij Astrix. Omdat hij op ieder moment weer weg wil kunnen gaan, zet hij zijn fiets niet vast aan die van Fleur.

Fleur komt voor hem staan. 'Hou even mijn tas vast, die stomme ritssluiting van mijn jas zit klem.' Ze trekt ongeduldig aan het lipje en vloekt.

'Laat mij maar even.' Hij hangt haar felrode laktas over zijn schouder en bukt. Met klamme handen probeert hij beweging te forceren.

Door de onverwachte klap op zijn rug belanden zijn handen ergens ter hoogte van de buik van Fleur. Geïrriteerd draait hij zich om.

'Bowie, kun je je handjes weer eens niet thuishouden? Leuk tasje, staat je goed. Wiggle, wiggle, wiggle, wiggle.' Het is Zaïr, die zijn heupen tegen die van hem aanduwt.

Hij geeft een flinke zet terug. 'Flikker op man.'

'Wow, rustig. Jij bent hier de flikker.' Zaïr draait zich luid lachend om en loopt terug naar het groepje jongens dat tien meter verderop staat. Rem is een van hen. Die knikt langzaam, knipoogt en keert hem daarna de rug toe.

Ik wist het. Rem is op zijn pik getrapt.

Hij trekt ongecontroleerd hard aan de rits, en het werkt.

Fleur slaat haar armen om zijn nek. 'Yes, super. Je bent mijn held. Kom, we gaan naar binnen. We laten onze avond door niemand bederven en al zeker niet door die losers.' Ze pakt de tas van zijn schouder en stapt zelfverzekerd naar de ingang. Hij volgt haar en voelt zich toch prettiger als ze zijn hand vastpakt. De uitsmijter reageert niet als ze voorbij lopen.

Het is superdruk. Fleur baant zich een weg naar de bar. 'Wil je nog een cola?'

Hij knikt en probeert te ontdekken waar Rem en zijn vrienden zijn gebleven.

Ze laten Fleur toch wel met rust? En wat als ze hen straks ergens opwachten? Als ze gedronken hebben, zijn ze vast nog tien keer erger.

Fleur duwt een glas in zijn handen. 'Alsjeblieft, je laat je toch niet opfokken? Wil je hier blijven of zullen we verder lopen?'

'Even dit opdrinken en dan naar de dansvloer?'

Fleur kijkt hem verleidelijk aan. 'Als we Rem echt op zijn nummer willen zetten, moeten we doen alsof wij iets met elkaar hebben. Voor de gein natuurlijk.'

Hij bloost er van. Fleur legt haar hand in zijn nek en trekt hem naar zich toe. 'Daar zullen we hem hebben. Hij gaat huilen, let op,' fluistert ze in zijn oor.

Hij voelt haar andere hand op zijn rug en het gebeurt gewoon. Ze kust hem op zijn mond, eerst voorzichtig, maar daarna voelt hij haar tong zijn mond verkennen. Hij is overdonderd, maar zijn tong beweegt wel soepel mee.

Als ze hem loslaat, staart hij haar aan. Ze zegt niets, hij ook niet. Hij voelt de hete adem van Rem in zijn nek.

Ik zou me nu lachend moeten omdraaien.

'Gaat 'ie lekker homo?' hoort hij Zaïr zeggen. Vanuit zijn ooghoeken ziet hij ze even later in de dansende meute opgaan.

Hij voelt zich behoorlijk opgelaten, niet alleen omdat ze hem waarschijnlijk een lastige avond gaan bezorgen, maar ook omdat Fleur hem zojuist heeft gekust.

Niet zomaar een kus. Een echte.

'Wat kijk je moeilijk. Vond je het vervelend? Kus ik niet lekker? Het is niet serieus hoor.'

'Nee, nee, ja bedoel ik. Je kust prima... alleen, ja... ik had het niet verwacht nadat ik je vanavond had verteld dat...' stottert hij.

'Zo hebben we geen last meer van die eikel. Ik kon zijn gezicht zien, hij baalde man. Misschien laat hij me...'

'Wil je nog wat drinken?' onderbreekt hij haar, terwijl hij naar de bar wijst.

'Lekker. Doe nog maar een cola. Dan ga ik even naar het toilet.' En weg is ze.

Hij bestelt en wrijft met zijn vingers langzaam over zijn lippen.

Fleur, ik heb gewoon net met Fleur staan zoenen.

Zijn telefoon trilt. Een berichtje van een onbekend nummer.

Wat jammer nou dat je homo bent.

Fleur wil niets van een mietje.

Hij kijkt om zich heen en stopt zijn telefoon terug.

Ik wil hier weg. Waar blijft ze nou?

Als hij een hand op zijn schouder voelt, draait hij zich acuut om.

'Hallo, ik ben het maar. Heb je al besteld?'

Hij overhandigt haar het glas en laat haar het berichtje zien.

'Moet je dit lezen.'

Ze knikt alleen maar.

Hij maakt een wegwerpgebaar en laat zijn telefoon in zijn broekzak glijden.

Rem en Zaïr komen een paar meter verderop aan de bar hangen. Fleur heeft hen ook in de gaten.

De vreemde afstandelijke blik in haar ogen, zit hem niet lekker. Als hij haar vraagt of ze nog meer klasgenoten heeft gezien, lijkt ze hem niet te horen. Ze blijft voor zich uit staren. Dan loopt ze plotseling met haar glas in haar hand op Rem en Zaïr af.

Fleur, wat ga je doen!

Ze gaat voor Rem staan en met een snelle beweging gooit ze de inhoud van haar glas over zijn lichtblauwe broek. Nog voordat Rem kan reageren, heeft ze zich alweer omgedraaid.

Haar lege glas belandt met een klap op de bar. 'Zo, ik wil er nog wel een.'

Hij durft nauwelijks in Rems richting te kijken. 'Ik denk dat het beter is om ergens anders nog wat te drinken, Fleur.'

'Nee, ik laat me door hem niet wegjagen. Je moet niet laten zien dat je bang bent.'

Ze bestelt een nieuwe cola.

Hij werpt een snelle blik naar de andere kant van de bar. Rem staart naar de enorme bruine vlek ter hoogte van zijn kruis. Zaïr praat tegen hem en de manier waarop hij met zijn handen gebaart, maakt overduidelijk dat ze iets van plan zijn. Dan staat Rem op en hij loopt met grote passen in hun richting. Hij gaat naast Fleur staan en duwt met zijn bovenlichaam tegen haar arm. 'Jij gaat een nieuwe broek voor mij betalen,' zegt hij dwingend.

'Raak me niet aan, anders roep ik de uitsmijter.'

'Jij vindt het alleen maar fijn als ik je aanraak met dat geile lijf van je.'

Fleur staat op en voordat Bowie iets kan doen, haalt ze uit naar Rem. Ze raakt half zijn gezicht.

Rem spant zijn lichaam en balt zijn vingers tot vuisten.

Ik moet iets doen. Nu.

Hij springt van de barkruk en gaat met geheven armen tussen Fleur en Rem in staan. 'Ga gewoon weg en laat haar met rust.'

Rem kijkt hem agressief aan. 'Jíj moet haar met rust laten. Zoek het bij je eigen soort en bemoei je met je eigen zaken. Zij wil jou niet, ze wil mij, een echte vent. Snap je dat dan nog niet, eikel?'

Een van de uitsmijters, die waarschijnlijk is gewaarschuwd, komt op hen af. 'Wat is hier aan de hand?' vraagt hij onvriendelijk.

Rem wijst naar hem. 'Hij heeft een glas cola over mijn broek gegooid.'

Zak.

'Klopt dat?'

'Nee, dat klopt helemaal niet. Dat heb ík gedaan,' schreeuwt Fleur.

Rem kijkt hem triomfantelijk aan. 'Ze liegt omdat ze die homo wil beschermen.'

Fleur haalt weer uit, maar de uitsmijter houdt haar tegen. 'Laat me los!' bijt ze hem toe. 'Hem moet je hebben.'

De man trekt haar naar achter en duwt haar richting de uitgang. 'Jij gaat heel rustig nú de zaak verlaten,' zegt hij.

Fleur roept van alles en wordt pas rustig als ze bij hun fietsen staan.

Hij neemt zich voor niets meer te vertellen over Rem. Ze gaat nog een keer echt te ver.

BOWIE

De aanvaring met Rem spookt nog altijd door zijn kop, maar wat hem echt helemaal niet lekker zit is de manier waarop Fleur gisteravond had gereageerd. Ook op de terugweg was het hem niet meer gelukt haar rustig te krijgen.

Het is duidelijk dat Rem haar terug wil, maar er lijkt meer te spelen tussen die twee.

Het is gelukkig nog rustig in de winkel. De grote drukte begint meestal pas rond twaalf uur. Hij krijgt een berichtje.

Goedemorgen nou ja of het een goede morgen is zal snel blijken. Ik heb nog een broek van je tegoed.

Hij schopt tegen een kledingrek en voelt de ogen van zijn vader op hem gericht.

Laat me godver allemaal met rust.

Hij weet dat het belangrijk is om nu zelf rustig te blijven. Om die gasten niet te provoceren.

Het is half twaalf als ze achter elkaar de winkel binnenkomen. Zaïr loopt voorop.

Hij doet alsof hij ze niet heeft gezien. Pas als ze pal voor hem staan, richt hij zijn hoofd op.

Rem beweegt zijn mondhoeken in slow motion naar boven en legt een plastic tas op de toonbank. 'Ik kom deze ruilen. Er zit een vlek op.'

Blijf hem aankijken.

'Heb je de broek hier gekocht?'

'Nee. Maar dat lijkt me in dit geval geen probleem.'

'Ik zal mijn vader even roepen.'

'Je vader? Weet die al dat je op jongens valt?'

Hij kijkt in de spottende ogen van Rem en pakt de tas van de toonbank. Hij gebaart naar zijn vader dat hij even van zijn plaats gaat. Terwijl hij met grote stappen naar de herenafdeling loopt, hoort hij Rem achter zich zeggen: 'Laat maar eens zien wat je allemaal voor me hebt. Ik laat me graag verrassen. Jij weet vast wel welke maat ik heb, toch?'

Hij antwoordt niet, pakt drie broeken van een stapel en duwt ze in Rems handen. Die recht zijn rug en kijkt hem serieus aan. 'Dank je. Ze zullen me inhalen en me laten betalen,' zegt hij op een plechtige manier.

'Ik ren en ren en ren, omdat ik anders ben,' vult Zaïr hem lachend aan.

'Je geeft mijn gedicht terug,' reageert hij fel. Meteen baalt hij van zijn reactie.

'Gedicht? Waar heb je het over, man? Ik pas deze even.' Rem draait zich om en verdwijnt in de paskamer.

Zaïr blijft fluitend naast hem staan en heeft zo te horen duidelijk plezier om het berichtje dat hij ontvangt.

'Bowie, kun je even in het hokje komen?' vraagt Rem even later vleierig.

Niet reageren.

De vraag wordt herhaald. Dit keer dwingender.

Zaïr geeft hem een flinke zet, waardoor hij met gordijn en al naar binnen valt. Recht in de armen van Rem.

Hij wordt in een soort houdgreep gehouden. Ondertussen dringt het tot hem door dat Rem in zijn onderbroek staat.

'Ho, ho vriend. Wat doe jij? Ik ben geen homo hoor!' zegt Rem. Ondertussen duwt hij Bowie van links naar rechts.

Als hij Zaïr oké hoort zeggen laat Rem hem los.

Hij maakt zich zo snel mogelijk uit de voeten.

Wat the hell was dat?

Hij negeert het vragende gezicht van zijn vader en neemt zijn plaats in achter de kassa. Terwijl hij een jonge vrouw helpt, ziet hij Rem en Zaïr dichterbij komen. Zijn spieren spannen zich aan en zijn ademhaling is gejaagd.

Rem legt een van de drie broeken op de toonbank en zegt heel rustig: 'Ik wil graag een bewijsje dat ik heb betaald. Misschien kom ik hem nog ruilen. Zorg ervoor dat er geen alarm afgaat als ik de winkel uitloop.'

Bowie kijkt nerveus rond, haalt de magneetbeveiliging eruit en stopt de broek met het bonnetje in de tas.

'Dankjewel en een prettige dag verder,' hoort hij Rem zeggen.

Als hij even later opkijkt zijn ze verdwenen.

FLEUR

Waarom neemt hij nu niet op?

Ze had hem al de hele dag proberen te bellen om haar excuses aan te bieden over gisteravond.

Hij was natuurlijk boos op haar.

Na de lunch was ze met haar vriendin Roos, die ze kent van de dansschool, de stad ingegaan om een nieuwe jas te scoren. Na tien winkels en pijn in de voeten, waren ze bij De Wereld neergestreken om een drankje te doen. Daar had ze Roos verteld over haar aanvaring met Rem en op aandringen van Roos ook over haar gevoelens voor Bowie.

Daar heeft ze nu spijt van. Roos is nogal eens loslippig op face-book.

Ik wil gewoon dat iedereen mij, maar vooral ook Bowie met rust laat.

Ze krijgt een appje. Van Rem. Even nog denkt ze dat hij zijn excuses wil aanbieden, maar nee.

Dit is wat Bowie wil, een echte man.

Jij verdient beter.

Ze drukt op de foto die hij heeft meegezonden.

Wat is dit? Hoe komt hij hieraan?

Ze bekijkt de foto nog een keer. Het gezicht van Bowie in een spiegel. Hij wordt omarmd door een zowat naakte jongen, waarvan het hoofd niet in beeld is. Ze wil de foto wissen, maar bedenkt zich.

Hij krijgt hem toch wel te zien. Waarschijnlijk heeft Rem hem al doorgestuurd.

Ze belt Bowie nog een keer, maar hij neemt weer niet op.

Ze besluit naar hem toe te gaan. Haar ouders zijn er niet, dus laat ze een berichtje achter op het bord in de keuken.

Een kwartier later belt ze bij hem aan. Ze voelt zich behoorlijk opgelaten.

Ze had zich gisteren echt stom gedragen. Eerst had ze met Bowie gekust, terwijl hij nog geen uur daarvoor had verteld dat hij op jongens viel. En dan had ze hem ook nog een kloteavond bezorgd door dat gedoe met Rem. Maar van die kus had ze echt geen spijt.

Zijn moeder begroet haar enthousiast.

'Hallo. Is Bowie thuis?'

'Ja hoor, kom binnen. Hij zit op zijn kamer omdat hij zich niet lekker voelde. Zal ik hem even voor je roepen? Of wil je liever naar boven gaan?'

'Ik ga wel even bij hem kijken.' Ze knikt en loopt de trap op. Voor zijn deur staat ze stil en luistert. Niets.

Ze klopt. Weer niets.

Nog een keer?

'Nu even niet,' roept hij uiteindelijk geïrriteerd.

'Ik ben het. Mag ik even binnenkomen?'

Ze hoort hem richting de deur lopen. Hij draait zich al om voordat ze een stap in de kamer heeft gezet.

Heeft hij gehuild?

Ze loopt een beetje aarzelend achter hem aan en gaat naast hem op het bed zitten.

Het idee dat hij zich misschien nog ellendiger gaat voelen, maakt dat ze twijfelt.

'Hoe was je dag?' vraagt ze zo neutraal mogelijk.

'Klote.'

'Hoezo?'

'Ik heb geen zin om er nu over te praten.'

'Oké. Bowie, ik ben gekomen omdat ik je iets wil laten zien. Als je dat wilt natuurlijk. Een foto.'

'Ga je gang. Ik hoop wel dat 'ie leuk is.'

'Nou ja, ik weet het niet.' Ze pakt haar telefoon en klikt op de foto. Of hij echt kijkt kan ze niet goed zien, maar een zucht is duidelijk te horen.

'Ik kreeg hem vanmiddag. Er zat ook nog een tekst bij. Wil je die zien?'

'Ja hoor. Kom maar op.'

Ze kijkt hem aan, maar hij reageert niet. 'Waar is deze foto genomen? En waarom omhels jij deze bijna naakte jongen?' vraagt ze voorzichtig.

'Zie je niet wie dat is? Rem! Ze hebben hem wel slim genomen. Alleen míjn gezicht is te zien.'

'Wat? Jij en Rem?'

'Ja, wat een lol. Ze duwden me en toen... weet je... laat maar.'

'Wie heeft hem gemaakt dan?'

'Zaïr. Ze waren vandaag in de winkel.'

'Echt? Wat wilden ze dan van je?'

'De broek met die colavlek ruilen.'

'Dat meen je niet. Die durft. Dit slaat echt nergens op. Hij heeft toch zeker geen nieuwe broek gekregen?'

'Hou er alsjeblieft over op en wis die foto gewoon.'

Ze kijkt hem vragend aan.

'Ja, sorry, maar wat wil je dat ik doe? Rem voor zijn kop slaan en op het dak gaan staan en schreeuwen dat ik homo ben?' vraagt hij geïrriteerd.

Er wordt op de deur geklopt. 'Bowie, mag ik even binnenkomen?' vraagt zijn moeder vanachter de deur.

Hij kijkt nogal geïrriteerd, maar maakt daarna wel de deur open.

'Sorry, ik geloof dat ik stoor,' zegt zijn moeder. Ze zet een dienblad vol lekkers op de tafel en vertrekt stilletjes.

Fleur trekt een vies gezicht.

'Wat? Vind je het niet lekker?'

'Oh, nee, ik krijg kotsneigingen als ik aan Rem denk.'

'Hij duidelijk niet van jou.'

'Nou, na mijn actie van gisteravond is dat wel veranderd.'

'Dat maakt hem niet uit. Hij nam het zelfs nadat je hem geslagen had nog voor je op. Ik vond het wel heel cool van je dat je de schuld op je nam toen Rem mij voor dat cola-incident op wilde laten draaien.'

'Ja, natuurlijk. Hij moet jou met rust laten. Mij moet 'ie hebben! Hoe kan ik dat stomme gepest van Rem laten stoppen?'

'Dat is niet jouw probleem Fleur.'

'Dat is het wel. Ik word helemaal gek van hem. We moeten samen een plan maken.'

Bowie kijkt haar glimlachend aan. 'Je moet Rem laten geloven dat jij hem terug wilt. Of in ieder geval dat je hem nog altijd leuk vindt. Dan eet hij uit je hand en kun je hem misschien overhalen zich ergens anders mee bezig te houden.'

'No way!'

Toch blijft de tip van Bowie in haar hoofd hangen.

Hij zet een muziekje op. 'Fleur, ik moest vandaag nog wel denken aan gisteravond.'

'Wat dan?'

'Niet boos worden hoor, maar ik vind je de laatste tijd soms zo anders.'

'Begin jij nu ook al? Iedereen vindt mij plotseling anders. Leg het me eens uit dan.'

'Ik schrik soms van je felle reacties. Is er echt niets gebeurd?'

Ze weet de opborrelende irritatie te onderdrukken. 'Nee. Laten we het maar over iets anders hebben, anders ga ik jou straks ook nog te lijf hoor. Ik wil gewoon een relaxte avond.'

'Oké, ik zal erover ophouden. Wat wil je doen?'

'Die lekkere dingen van je moeder opeten en een filmpje kijken?'

'Oké, chill.'

Het weekend was veel te snel voorbij gegaan. Als je vijf dagen van de week op je tenen moet lopen, zijn twee dagen om uit te rusten nooit genoeg.

Nog tweehonderdvijfentwintig dagen school. Daarna trek ik de deur achter me dicht en kijk ik niet meer om.

Als hij op maandagochtend de school binnenloopt, komt Fleur hem tegemoet. Ze omhelst hem. Het voelt fijn, maar het verwart hem ook.

Voel ik dan toch meer voor haar? Ze begrijpt me als geen ander. Val ik wel echt op jongens?

Terwijl ze hem nog altijd stevig vasthoudt fluistert ze in zijn oor: 'Let op, Rem komt nu binnen. Hou me vast. We laten ons niet kennen.'

Hij voelt Rem voorbijlopen en Fleur in zijn zij knijpen.

'Zo gaat het je nooit lukken hem terug te winnen.'

'Hou op! Kom, we gaan, anders missen we de informatie over het weekend.'

Ze worden genegeerd als ze de klas binnenkomen. Zodra Bowie zit krijgt hij een berichtje. Hij legt zijn telefoon op zijn bovenbeen.

Ik laat je met rust als jij Fleur met rust laat.

Sukkel, ze wil je niet. Nu niet, nooit.

Als hij opkijkt, staart Rem hem aan. Met een kleine hoofdbeweging maakt Rem hem duidelijk dat hij op een antwoord wacht.

Kun je lang wachten.

Meneer Van der Wiel deelt het weekendprogramma uit en adviseert het goed door te nemen. Vragen kunnen pas daarna worden gesteld.

Er komt enorm veel commentaar op de niet-normaal vroege aanvangstijden.

'Hoe is het met de kamerindeling? We mogen toch wel zelf bepalen wie bij wie slaapt?' Het is de schelle stem van Benthe waar je niet omheen kunt.

Benthe: een beauty bitch. Zeventien jaar. Ze was ingestroomd nadat ze haar vmbo-T diploma had gehaald. In nog geen jaar tijd had ze met vijf jongens van school verkering gehad, onder wie Rem natuurlijk, en god weet met hoeveel daarbuiten. Ze staat erom bekend dat ze zich heel gemakkelijk blootgeeft. Letterlijk dan. Rem had haar via Facebook enorm zwart gemaakt en de jongens uit de klas hadden ervan gesmuld.

Oké, ik wil toch niet bij de jongens horen.

'We hebben twee kamers van vier, drie van zes en één van twee. Ik neem aan dat jullie volwassen genoeg zijn om zelf de indeling te maken,' antwoordt Van der Wiel. 'Aan het einde van de les wil ik dan ook graag de groepsindelingen horen. Als het niet lukt, geen probleem, dan doe ik het voor jullie.'

'Ik weet wel een bestemming voor de tweepersoonskamer,' zegt Rem net iets te hard.

'Voor jou zeker? Laat me raden wie de gelukkige is. Het begint met een F en eindigt met leur,' schreeuwt Zaïr. Alle hoofden draaien richting Rem. Die begint heel hard te lachen en zegt: 'Ik kruip liever bij Bowie in bed.'

Niet happen.

Er wordt van alles geroepen. De meiden weten ondanks hun dagelijkse catfights al vrij snel de kamerindeling samen te stellen.

Ze gaan me negeren.

De nerds en grijze muizen krijgen door de meiden twee kamers toegewezen.

Rem komt voor hem staan. 'Bowie, zou jij bij ons op de kamer willen? Lijkt me leuk.'

Schijnheilige eikel.

Zaïr en Tim komen er ook bijstaan. Ze zeggen niets.

'Hallo Bowie, zo moeilijk is de vraag niet hoor,' zegt Rem. De grijns op zijn gezicht is zo ziek.

Ik moet me niet laten kennen.

'Laat hem godsamme zelf kiezen,' roept Fleur.

'Dat doe ik toch ook? Ik vraag hem heel normaal of hij...'

'Oké.'

'Wat oké?'

'Het is oké, ja!'

Ik ben gek, waarom zeg ik dit?

Rem slaat hem op zijn schouder. 'Ik ga er persoonlijk voor zorgen dat we het fijn gaan hebben. Jongens onder elkaar, dat moet jou wel aanstaan,' fluistert hij en hij grijnst geniepig.

Als hij Fleur aankijkt, haalt ze haar schouders op. Ze heeft gelukkig de laatste woorden niet gehoord.

Fleur gaat rechtstreeks naar streetdance, dus fietst hij alleen naar huis. Hij had bij dezelfde dansstudio gezeten, maar twee jaar geleden was hij ermee gestopt. Niet omdat hij het niet leuk meer had gevonden, maar de kwetsende opmerkingen van zijn vader hadden hem behoorlijk onzeker gemaakt. 'Dansen oké, maar dat verwijfde gedoe op die dansschool is toch niets voor jongens? Wat wil je daar nou mee bereiken? Je vraagt om opmerkingen als je zoiets doet. Ga gewoon weer lekker voetballen, zoals vroeger met Rem, dat vond je toch leuk?'

Dat die man niet snapt dat zoiets pijn doet. En voetballen heb ik nooit echt leuk gevonden.

Tot zijn opluchting is er niemand thuis.

Hij probeert zich te ontspannen, maar in zijn hoofd is het een soort flipperkast. Hij schenkt een glas cola in, trekt een zak chips open en ploft op de bank in de woonkamer.

Ben ik een slecht mens als ik op jongens val? Moet ik me daarvoor iedere dag laten vernederen? Ik weet het niet eens voor honderd procent zeker. Waarom vond ik die kus van Fleur anders fijn? Waarom voel ik me zo goed bij haar? En hoe weet ik of het echt fijn is om met een jongen te zoenen? Ik denk het wel. In mijn dromen geeft het me in ieder geval een goed gevoel. Maar het is een droom.

Hij zet zijn koptelefoon op en is even gedachteloos als hij naar de nieuwste track van Daft Punk luistert. Helaas niet voor lang, want zijn vader belt hem.

Ik neem niet op.

Hij blijft bellen.

Wat moet je nu weer?

'Ja, met mij.'

'Bowie, fijn dat je er bent. Wil je alsjeblieft zo snel mogelijk naar de winkel komen? We gaan deze week toch op een beurs staan. Daarvoor komt vandaag een extra zending binnen. De vrachtwagen arriveert over een halfuurtje en moet zo snel mogelijk leeg zijn. En ik sta alleen.'

Nee. Ik ben kapot.

'Kan mama niet komen?'

'Nee, die is naar de boekhouder.'

'Ik moet huiswerk maken.'

'Bowie, doe niet zo moeilijk en kom gewoon. Het gaat niet lang duren. Ik zie je zo.' Zijn vader verbreekt de verbinding.

Vloekend trekt hij zijn jas en zijn nieuwe rode schoenen, die op school echt niet kunnen, aan en fietst met een chagrijnige kop naar de winkel.

Ik heb geen zin om in die stomme winkel, die stomme mensen, stomme kleren aan te praten. Waarom zeg ik dat niet gewoon? Omdat ik een zwakkeling ben. Ik moet inderdaad meer voor mezelf opkomen.

In de straat is het verkeer een chaos. Het getoeter wordt hysterischer naar mate hij dichter bij de winkel komt. Pas nu ziet hij wat de reden is. Een mega vrachtwagen staat dubbel geparkeerd precies voor hun pand, waardoor de auto's slechts stapvoets kunnen passeren.

Vast weer zo'n chagrijnige chauffeur.

Hij manoeuvreert zijn fiets soepel tussen alle obstakels door totdat hij zijn bestemming heeft bereikt.

'Hé, jij bent waarschijnlijk Bowie. Dat is heel fijn, ik kan wel wat hulp gebruiken voordat ze me hier met zijn allen lynchen,' wordt er achter hem geroepen. De stem klinkt jong en erg vrolijk, ondanks het getoeter en gescheld van de automobilisten.

Hij draait zich om en alles in hem lijkt een paar seconden stil te staan, waarna zijn hart weer als een razende tekeergaat. Voor hem staat een jongen met de mooiste ogen en aantrekkelijkste lach ever.

Is hij de chauffeur?

'Ik... zet mijn fiets even weg.'

Hij laat zijn fiets iets te vroeg los, waardoor 'ie met veel lawaai tegen de muur klettert. Hij moet even stilstaan en tot tien tellen om weer een beetje normaal te kunnen praten. Zijn irritatie is opeens helemaal verdwenen.

Bowie, doe normaal. Rustig teruglopen.

'Wat kan ik doen?' vraagt hij zo nonchalant mogelijk.

'Dit geval aanpakken. Ik ben trouwens Biko. Ik help mijn vader. De chauffeur. Hij heeft last van zijn rug,' is het antwoord.

Als de doos in zijn armen wordt gedrukt, hoort hij zichzelf vloeken. Hij is te zwaar en zal binnen twee seconden op de grond kletteren.

Biko komt op hem afgesprongen. 'Ho, wacht, laat mij maar even.' De plotselinge aanraking van Biko's hand veroorzaakt een rilling door zijn lijf.

Heeft hij het ook gevoeld?

Biko neemt de doos met een knipoog van hem over en loopt naar de winkel. 'Ik doe sinds een jaar krachttraining. Ha, ha, neem jij die blauwe maar,' roept hij voordat hij door de deur verdwijnt.

Bowie probeert zijn knikkende knieën onder controle te krijgen, terwijl hij een minder zware doos uit de vrachtwagen trekt.

Doe normaal. Ik zet mezelf totaal voor schut.

Ze lopen zeker vijfentwintig keer heen en weer. Steeds is er oog-contact. En steeds loopt de spanning op. Als ze samen de laatste zware doos naar binnen tillen, is de afstand tussen hen niet meer dan twintig centimeter. Biko kijkt hem lachend aan. 'Jij bent dit niet gewend, zeker?'

Wat bedoelt hij?

'Ik ook niet hoor en ben eerlijk gezegd ook wel blij dat ik dit werk niet voor altijd moet doen. Dan toch maar liever studeren. Zit jij ook nog op school?'

'Ja, vier havo.'

'Oh, ik had je iets ouder geschat. De middelbare school is voor mij gelukkig verleden tijd. Sinds vorig jaar studeer ik fysiotherapie in Amsterdam. Leuk, maar behoorlijk aanpoten. Het is heel veel uit je kop leren.'

'Amsterdam. Gaaf. Daar zou ik ook wel willen studeren.'

'Wat let je? Als het de woonruimte is, kan ik misschien wel een goed woordje doen bij mijn medestudenten voor als er een kamer bij ons in huis vrijkomt. Ik heb echt een super relaxte kamer, niet ver van het centrum. Wel behoorlijk veel geld aan de huur kwijt, vandaar dat ik dit extra klusje wel moet doen. Laat me raden, jij gaat iets met mode of vormgeving doen?'

'Nou, nee. Ik denk aan Nederlands of geschiedenis.'

'Zo, dat is wel even wat anders. Niets voor mij. Ik kijk liever naar de toekomst. Wat geweest is is geweest wat mij betreft.'

Bowie zou graag een gevat antwoord willen geven, maar alle toegangswegen naar zijn hersenen lijken te zijn afgesloten.

Als ze de doos achter in de winkel hebben gezet, komt zijn vader bij hen staan. Hij kijkt hem vreemd aan.

Wat? Is het weer niet goed?

'Bowie, kun jij Biko nog wat te drinken aanbieden dan regel ik de rest met zijn vader, of moet je naar huis om te leren?'

Leren? Wat is dat?

Hij knikt en stoot zich tegen de deurpost als hij zich omdraait. Biko gaat op de rand van de tafel zitten en kijkt hem onderzoekend aan.

'Wil je cola?'

'Lekker.'

Het liefst zou hij zijn hoofd een tijdje in de koelkast steken. Hij benut het moment in het keukentje om zichzelf te herprogrammeren. Redelijk normaal overhandigt hij even later het blikje.

Biko, fysiotherapeut, Amsterdam...

'Wil je zelf niks?'

'Eh, jawel.'

'Dus jij komt volgend jaar waarschijnlijk ook naar Amsterdam?'

'Dat zou zomaar kunnen, maar ik zal eerst mijn ouders ervan moeten overtuigen dat ik niet geschikt ben als opvolger voor de zaak. Of nee, eerst zal ik hun moeten vertellen dat ik hier weg wil. Weet je hoe het is om in een dorp te wonen?'

'Nee, maar ik denk dat je er meer ruimte hebt. In meters dan, maar misschien niet in de vrijheid om te doen en laten waar je je happy bij voelt.'

'Dat is nou waarom ik weg wil.'

'Doen hoor. Amsterdam bedoel ik. Het is echt super. Zoveel verschillende mensen van allerlei verschillende nationaliteiten. Je kunt er zijn wie je wilt zijn. Als je alvast een keer de sfeer wilt proeven en een slaapplek nodig hebt, dan kun je altijd bij mij aankloppen. Lijkt me leuk.'

Meent hij het echt? Hij kent me niet eens.

'Wacht, zal ik mijn nummer voor je opschrijven? Heb je een pen?'

'Ja, natuurlijk.'

Een pen, een pen, waar haal ik een pen vandaan?

'Oh, laat maar. Ik heb er zelf een.'

Terwijl Biko schrijft, kijkt hij hem af en toe aan. En hoe!

'Goeie schoenen trouwens. Je hebt wel smaak.'

'Oh, ja... dank je. Voor het compliment bedoel ik.'

'Dus je komt me een keer opzoeken?'

'Als ik in de buurt ben, zal ik dat zeker doen.'

'Oké. Dan laat ik je alvast de leukste cafés zien. Belangrijk hoor als je daar gaat studeren.'

Hij voelt van alles, hij weet niet wat het precies is, maar het voelt goed. Heel goed.

Is dit dan het bewijs?

Als hij om half zes weer op zijn fiets zit, voelt hij zich nog steeds blij. Hij haalt het kaartje dat Biko hem heeft gegeven uit zijn zak. Transportbedrijf Spanjaard met daaronder zijn adres en 06-nummer geschreven. Hij ruikt eraan, zou het willen kussen.

Ik spoor niet meer helemaal geloof ik.

Fluitend zet hij zijn fiets in de tuin en met een sierlijke zwaai gooit hij de achterdeur open. Zijn moeder draait zich om en kijkt hem verbaasd aan. 'Hallo. Hoe is het?'

'Goed. Ik ga naar boven.'

Ze pakt zijn arm beet. 'Wacht even. Ik wil even met je praten.'

'Nu? Waarover dan?'

'Kom, dan gaan we even naar de kamer.'

Als hij ergens geen zin in heeft is het dit, maar hij loopt achter haar aan, trekt zijn jas uit en gaat naast haar op de bank zitten.

'Ik ben blij dat je net vrolijk binnenkwam, maar eerlijk gezegd maak ik me de laatste tijd zorgen om je. Is er iets wat ik moet weten?'

'Waarom vraag je dat?'

'Je gedraagt je de laatste tijd anders. Je bent zo stil, soms zo kortaf en je lijkt iedereen te ontwijken.'

'Wat zou er moeten zijn?'

'Dat wil ik graag van jou weten. Je bent al een tijdje niet de Bowie die we kennen.'

Hij staart voor zich uit.

'Kan ik, of kunnen wij iets voor je doen?'

'Nee, of ja, me gewoon even met rust laten. Ik ben moe en heb veel huiswerk.'

'Ik wil dat je eerlijk tegen me bent.'

In zijn keel begint het slijm zich op te hopen.

'Is er iets wat je niet met ons durft te bespreken?'

Hou op nu.

Hij voelt zich ellendig, zou het uit willen schreeuwen, maar hij zwijgt.

Ze zal het vreselijk vinden. Ik, haar enige zoon...

Ze blijft hem aankijken. Het voelt echt fout om haar voor te liegen.

'Dan zal ik het maar zeggen. Het spijt me, maar ik heb zaterdag iets opgevangen van een gesprek tussen jou en Fleur en daar ben ik nogal van geschrokken.'

Ze weet het dus. En ze vindt het verschrikkelijk.

'Sinds wanneer luister jij mij af? Waarom zeg je dat niet meteen?'

Hij staat op en wil de kamer uitgaan.

'Wacht nou even, je kunt er niet voor weglopen.'

Hij draait zich om, kijkt haar aan en probeert zijn tranen te ver-bijten. Ze komen toch.

'Blijf je daar staan?' vraagt ze rustig.

'Ja.'

'Bowie, dat ik geschrokken ben wil niet zeggen dat ik het afkeur. Als jij op jongens valt, dan is dat zo en dan moeten wij dat accep-teren.'

'Heb je het ook aan papa verteld?'

'Ja.'

'Heel fijn. En? Is hij ingestort? Ik word gek van al die bemoei-enissen. De hele wereld ziet mij als homo, terwijl ik zelf nog uit wil gaan zoeken wat ik voel voor wie dan ook.'

'Natuurlijk, maar laat mij je dan helpen.'

'Hoe dan? Denk je dat ik dat zelf niet kan?'

'Misschien wel, maar het is goed om er over te praten. Ik weet dat het voor je vader gevoeliger ligt. Dat heeft denk ik met zijn op-voeding te maken. Hij heeft andere waarden en normen meege-kregen.'

'Hij vindt het abnormaal, ziek, walgelijk. Ik ben wel zijn zoon en als dat niet belangrijker is dan zijn waarden en normen dan zoekt hij het maar uit.'

Hij graait zijn jas van de bank en loopt naar de deur. Als hij zijn moeder passeert, zegt ze niets. Hij beseft dat hij het verkeerd doet, maar hij kan even niet anders.

Hij verlaat het huis zonder afscheid te nemen en stapt op zijn fiets. Het regent. Hij slaat rechtsaf en heeft geen idee waar hij naartoe zal gaan. Hij neemt de weg langs de rivier en trapt net zo lang door tot hij de laatste huizen van het dorp is gepasseerd. Bij het begin van de uiterwaarden zet hij zijn fiets tegen een hek en gaat hij op een bankje zitten. Zijn doorweekte broek plakt aan zijn benen. Nietsziend staart hij voor zich uit.

Voor mijn vader ben ik één grote teleurstelling. Ik ben niet geschikt als opvolger voor zijn bedrijf, ik hou van dansen in plaats van voetballen. En als klap op de vuurpijl ben ik ook nog homo.

Zijn moeder belt hem. Hij wil haar wegdrukken, maar neemt uiteindelijk toch op.

'Hallo lieverd. Waar ben je?'

'Ergens aan het water.'

'Kom gewoon naar huis. Als je er nu niet over wilt praten, is dat goed. Maar op deze manier maak je het jezelf en ons alleen maar moeilijker.'

Ze klinkt rustig, maar aan de hoogte van haar stem hoort hij dat ze nerveus is. Hij zou haar gerust moeten stellen, maar het lukt hem niet iets normaals te antwoorden.

'Wij moeten zo meteen naar een bijeenkomst van winkeliers. Ik hoop echt dat je daarna gewoon thuis bent. Tot straks dan.'

Al hij blijft zwijgen, verbreekt ze de verbinding.

Shit, shit, shit.

Na een kwartier door de modder te hebben gebanjerd, staat hij aan de rand van het bos. Het idee om daar in zijn eentje rond te dwalen, benauwt hem.

Ik moet er niet voor weglopen. Ze heeft gelijk. Ik moet terug naar huis.

Hij is opgelucht als hij ziet dat de auto van zijn ouders inderdaad niet op de oprit staat. Op de keukentafel staat een bord met pastasalade. Daarnaast ligt een A-viertje met de tekst: Eet smakelijk. We zijn rond negen uur terug x.

Met het bord in zijn hand loopt hij naar boven. Als hij zijn kamerdeur op slot heeft gedraaid, kleedt hij zich om en gaat hij achter zijn bureau zitten. Hij haalt het kaartje van Biko weer uit zijn broekzak. Het beeld van de stralende ogen en uitdagende lach verschijnt op zijn netvlies.

Er was echt iets tussen ons. Toch? Hij is wel minstens twee jaar ouder. Zal ik hem een berichtje sturen? Maar wat ga ik zeggen? En als ik het helemaal mis heb? Nee, dat is niet zo.

Hij pakt zijn telefoon.

Hoi Biko, alles oké? Dit weekend ben ik in Amsterdam. Een cultureel uitstapje. Wie weet loop ik je toevallig tegen het lijf?

Bowie

In een vlaag van opwinding drukt hij op verzenden.

Wat doe ik! Sukkel die ik ben.

Hij laat het vast al zijn vrienden lezen die zich helemaal te pletter lachen. Zo'n groentje uit een of ander achterlijk dorp die denkt dat iemand als Biko op hem zit te wachten.

Nog geen minuut later heeft hij een nieuw bericht.

Hé hallo. Toevallig? Kom dan gewoon bij mij langs.

Moet overdag lesgeven op de sportschool, maar 's avonds ben ik thuis. Oh ja, er is dit weekend een vet feest in de Westergasfabriek. Ga je mee?

Is dit echt?

Hij staat op en gaat voor de spiegel staan.

En wat dan nog als ik op jongens val?

Toch voelt hij zich onrustig en krijgt buikpijn van het vooruitzicht dat zijn ouders over een uurtje thuiskomen en dan zeker met hem willen praten. Hij pakt zijn telefoon en appt Fleur of hij even langs kan komen.

Als ze hem bericht dat het goed is, pakt hij zijn reservejas en stapt hij zonder een hap gegeten te hebben op zijn fiets.

Moet ik haar over Biko vertellen?

Gelukkig doet Fleur zelf open. 'Hoi, kom binnen.'

Er lijkt verder niemand thuis te zijn. Ze gaan in de serre zitten.

'Je klonk niet echt blij. Is er iets gebeurd?' vraagt ze terwijl ze de muziek zachter zet.

'Dat kun je wel zeggen. Mijn moeder heeft ons afgeluisterd en weet het dus ook.'

'Dat je jongens leuk vindt? En hoe reageerde ze? Heb je erover kunnen praten?'

Hij haalt zijn schouders op. 'Ik ben weggelopen.'

'Oh, was het zo erg dan?'

'Ja, omdat ze ook vertelde dat mijn vader het niet zal accepteren.'

Het voelt goed als Fleur een hand op zijn been legt. 'Hoe moeilijk het nu ook voor je is, één ding is fijn: je hoeft het niet meer als een geheim met je mee te dragen.'

'Weet je hoe het voelt als je eigen vader zich voor je schaamt?'

Ze haalt haar schouders op.

'Heel erg kut. Ik durf hem amper nog onder ogen te komen.'

'Ik snap dat dat moeilijk is, maar het lijkt me juist goed om de confrontatie aan te gaan. Ik wil je daar best bij helpen.'

'Hoe dan?'

'Ik zou met je mee kunnen gaan.'

'En dan accepteert hij het wel?'

'Nee, maar als hij hoort en ziet dat anderen dat wel doen. En misschien blijft hij rustiger als ik erbij ben. Zou je dat willen? Is hij nu thuis?'

'Geen idee. Waarschijnlijk wel.'

'Bel hem anders.'

'Pfff, misschien later.'

'Oké. Wat heb je vanmiddag nog gedaan?'

Het ligt op het puntje van zijn tong om haar over de ontmoeting met Biko te vertellen, maar het is zijn ringtone die zijn gedachten onderbreekt. Hij staart naar het scherm. 'Het is mijn vader.'

Ze knikt hem bemoedigend toe.

'Met Bowie.'

'Hallo met mij. Ik wil graag dat je naar huis komt om te praten,' zegt zijn vader. Hij is duidelijk gestrest.

Fleur die het gesprek ook kan volgen, knijpt even in zijn hand en fluistert: 'Ik kan met je meegaan.'

'Oké. Ik ben er over een kwartier.'

Behoorlijk opgelaten fietst hij een paar minuten later voor de derde keer vandaag naar huis. Het feit dat Fleur erbij is, geeft hem misschien wel iets meer zelfvertrouwen.

Zijn vader zit aan de tafel. Hij kijkt hen aan, maar zegt niets. *Nog niets.*

'Je wilde met me praten?'

'Ja, maar wel graag met jou alleen.'

'Fleur kan erbij blijven.'

'Maar dat lijkt mij geen goed plan. Dit is iets tussen jou en mij. Dus...'

Fleur kijkt hem vragend aan.

Zijn vader staat op. 'Wij kunnen dit echt wel alleen af, Bowie. Dus dank je wel Fleur, maar ik denk dat het beter is als je nu naar huis gaat.'

Ze haalt haar schouders op en knikt. 'Dan ga ik. Bowie, we bellen straks wel, oké?'

'Hoezo? Heb ik hier misschien ook nog iets te zeggen? Waarom moet het altijd gaan zo als hij het wil? Ik word behandeld als een klein kind. Het is behoorlijk onbeschoft om mijn vrienden weg te sturen. Fleur kan gewoon blijven.'

Fleur, die al met de klink in haar handen staat, lijkt te twijfelen. 'Ik ...misschien is het toch beter als ik ga.'

Hij zucht en gooit zijn handen in de lucht. 'Prima, ook hier heb ik dus niets te zeggen.' Hij kijkt toe hoe Fleur zich met gebogen hoofd uit de voeten maakt en hoe zijn vader de deur achter haar sluit.

'Ga alsjeblieft even zitten,' zegt zijn vader.

Hij laat zich op de stoel vallen en staart voornamelijk naar de vloer.

'Zo, jij valt dus op jongens?' Hij stelt de vraag zogenaamd neutraal, maar de afkeuring in zijn stem is duidelijk.

Al zou hij willen antwoorden, het lukt hem niet. Zijn keel zit dicht. De starende ogen van zijn vader maken hem nog onzekerder. Hij zou het liefst weer opstaan en de deur uitlopen. Zonder ook maar één woord te zeggen.

'Weet je het al lang? En weet je het wel zeker?'

Hij schudt alleen maar zijn hoofd en haalt zuchtend zijn schouders op.

'Ik hoop dat je je goed realiseert wat dat voor je gaat betekenen in de toekomst. Ik ben bang dat je het jezelf ontzettend moeilijk gaat maken. En dat anderen het je moeilijk gaan maken. De maatschappij is daar niet blij mee jongen.'

'Jij bent er niet blij mee zal je bedoelen. Een zoon met een afwijking.'

Het blijft even doodstil.

Zijn vader schraapt zijn keel. 'Hoe denk je dat je dat gaat doen?'

'Wát ga doen? Geen idee. Daar ben ik helemaal niet mee bezig.'

'Dat bedoel ik. Je denkt niet na over de consequenties die het met zich mee zal brengen en ik als vader doe dat wel. Ik wil dat je gelukkig wordt jongen.'

Het blijft weer een paar tellen stil voordat zijn vader verdergaat.

'Misschien is het een opwelling en is het niet zo slim om aan die gevoelens toe te geven. Het zal je ongelukkig maken.'

Hij wil iets terugzeggen, maar het lukt hem niet.

'Luister jongen, je bent mijn zoon en je blijft mijn zoon. Maar als je openlijk aan de buitenwereld toont dat je die gevoelens hebt dan...'

'Dan wat?' zegt hij zacht.

'Denk er gewoon nog eens goed over na.'

'Je vindt het verschrikkelijk. Weet je hoe het voelt als je eigen vader je afkeurt? Je doet geen enkele moeite om me te begrijpen, om me de kans te geven te ontdekken wie ik ben. Je bent alleen maar bezig met rampscenario's. Als je wilt dat ik ongelukkig word dan moet je vooral zo doorgaan.'

Zijn vader zucht, maar zegt niets meer.

Hij wil niet huilen, maar de reactie van zijn vader kwetst hem. Hij staat op en gaat naar boven. Hij haat zijn tranen.

Met een harde klap slaat hij de deur dicht. Met zijn mouw veegt hij zijn gezicht droog.

Hij zal me nooit accepteren, nooit.

Zodra hij wat rustiger is, belt hij Fleur.

'Hé Bowie, hoe is het?'

'Waardeloos. Ik blijf hier niet langer.'

'Wat vervelend. Waar wil je naartoe gaan?'

'Geen idee. Ik voel me hier niet geaccepteerd en dus ook niet meer welkom.'

'Dat klinkt niet goed. Kom hier naartoe. Als je wilt, kun je een paar dagen blijven. Moet je misschien wel alvast je spullen voor het weekend meenemen.'

'Vinden jouw ouders dat goed?'

'Hallo! Natuurlijk. Ik zal mijn moeder zeggen dat ze een bordje extra moet koken.'

'Oké. Ik heb geen idee wat ik in moet pakken.'

'Bowie, wat dacht je van kleren, toiletspullen, geld, telefoon, oplader, schoolspullen voor morgen, je gymspullen en eh... informatieboekje. We hebben daar toch een lijst van gekregen?'

'Ja, maar waar die is gebleven? Ik zoek wel wat bij elkaar en kom zo snel mogelijk.'

'Oké. Tot zo.'

Hij loopt doelloos heen en weer en luistert ondertussen of hij beneden geluiden hoort.

Hij zit waarschijnlijk gewoon de krant te lezen.

Het duurt een minuut of tien voordat hij een keuze heeft gemaakt tussen de felblauwe kipling trolley en de versleten weekendtas. Hij kiest toch voor het eerste.

Ja, ik weet het: homokoffer.

Hij verzamelt zijn toiletspullen en haalt enkele kledingstukken uit zijn kast. Nadat ze in de koffer zijn verdwenen, schrijft hij op een blaadje dat hij een paar dagen bij Fleur logeert en of ze hem even met rust willen laten.

Pech! Dit gaan ze helemaal niet leuk vinden.

Hij loopt op zijn tenen de trap af en sluipt het huis uit.

FLEUR

Als de bel gaat, stormt ze de trap af en roept ze richting woonkamer dat ze wel opendoet.

Ondanks de confronterende waarheid dat Bowie op jongens valt, voelt ze toch weer die opwinding in haar lijf.

Ze kust hem dit keer op zijn wang. 'Goed dat je er bent. Kom, we gaan naar mijn kamer, dan hebben we iets meer privacy. Lukt het met die koffer?'

Hij knikt en zet even later zijn spullen in de hoek.

Nog steeds zonder een woord gezegd te hebben komt hij naast haar zitten. Hij kijkt haar vragend aan. Het gebeurt gewoon weer: zijn prachtige ogen die haar doen smelten.

'Balen zeg. Ik weet ook niet meteen de oplossing, maar vertel eerst eens wat hij precies zei.'

'Dat ik voor een moeilijke toekomst kies. En dat anderen het me moeilijk gaan maken. Hij heeft niet eens gevraagd hoe ik me voel. Dat interesseert hem helemaal niets.'

'En je moeder?'

'Die stelde eigenlijk alleen maar vragen. Ik weet niet zo goed hoe zij erover denkt, omdat ik ben weggegaan. Maar ik denk dat zij het minder erg vindt.'

'Geef je vader even de kans om te wennen. Als je moeder met hem gaat praten, zal hij inzien dat hij fout zit. Hij moet waarschijnlijk gewoon even aan het idee wennen.'

'Ik kan het me niet voorstellen. Mijn vader verandert niet gemakkelijk van mening, of beter gezegd: als hij iets in zijn kop heeft, is hij daar door niemand vanaf te brengen. Als ik niet verander, besta ik niet voor hem.'

'Nou, dat is wel heel negatief gedacht. Je blijft de komende dagen gewoon lekker hier, lijkt me beter voor jou en voor je pa. En ik vind het ook wel gezellig.'

Hij trekt zijn jas uit en er verschijnt gelukkig iets van een lach op zijn gezicht.

Een beetje onhandig blijft hij voor haar staan.

'Wat is er?'

'Eh... ja... over die kus in het café. Ik...'

'Bowie, je moet het niet zo serieus nemen.'

'Dat wilde ik niet zeggen. Ik reageerde misschien een beetje raar, maar ik vond het niet erg hoor. Alleen een beetje alsof nou ja, of het niet zou mogen.'

'En van wie zou dat dan niet mogen?'

'Van niemand. Ja, van Rem, maar Rem... who the fuck is Rem?'

'Dus als ik het goed begrijp dan wil je eigenlijk zeggen dat je het nog wel een keer zou willen?' vraagt ze.

Hij lacht en kijkt haar uitdagend aan.

Ze pakt een kussen van haar bed en duwt het in zijn buik. 'Of bedoel je dit kussen? Wacht ik heb er nog meer.'

Het gevecht begint rustig, maar ze dagen elkaar steeds meer uit. De kussens belanden overal. Ze voelt dat ze misschien wel sterker is dan hij. Niet dat ze dat wil laten zien, maar haar klappen zijn steeds goed raak. Zeker de laatste. Hij verliest zijn evenwicht en valt achterover op het matras. Ze belandt met kussen en al boven op hem. Ze kijken elkaar aan. Hij lacht en lijkt zich over te geven. Maar dan voelt ze zijn lichaam aanspannen en onder haar vandaan draaien. Ze grijpt snel zijn handen beet en duwt ze boven zijn hoofd tegen de rand van het bed.

'Ho, ho, wat ga jij doen? Weer weglopen zeker? Niks ervan. Je belooft me dat je bij mij blijft. Voor altijd.'

'Ja, ja. Ik beloof het.'

Ze voelt zijn warme adem op haar gezicht. Hij ruikt lekker. *Hij ruikt altijd lekker.*

Het berichttoontje van haar mobiel verstoort de stoeipartij. Ze draait zich met de rug naar hem toe en werpt snel een blik op haar scherm. Het appje is van Rem. Als ze ziet dat er een foto is bijgevoegd, krijgt ze zowat een hartstilstand.

Het is zo niet te rijmen met elkaar: ze wil Rem met alle herinneringen wissen, maar door één seconde haar vinger op zijn naam te duwen laat ze hem toch weer binnendringen.

Ze kijkt niet meer dan twee tellen naar haar eigen naakte lichaam. Maar die twee seconden geven haar het gevoel alsof ze stikt. Ze haat hem zo enorm. Zonder een woord te zeggen stapt ze het bed uit en loopt ze naar de badkamer. Ze haat ook haar eigen gezicht in de spiegel.

Sukkel. Hoe kon ik zo stom zijn? Bowie mag dit niet weten.

Het koude water in haar gezicht brengt haar weer in het hier en nu. Bowie kijkt haar vragend aan als ze weer voor hem staat.

'Mijn moeder heeft me gevraagd of we nog even naar beneden komen. Dus...'

Hij is duidelijk verbaasd, maar kijkt haar met de liefste blik ever aan. Zijn verwarde krullen dansen voor zijn ogen. Zijn shirt hangt half uit zijn broek.

Hij is van mij. Wij horen bij elkaar. Het maakt niet uit hoe hij is. Echt niet.

'Kleed je eerst maar fatsoenlijk aan, anders gaat mijn moeder nog denken dat we...'

'Die van mij zouden het waarschijnlijk juist aanmoedigen,' lacht hij en stopt alles weer keurig waar het hoort. Ze lopen zwijgend naar beneden. Als ze voor de keukendeur staan, draait ze zich om. 'Je hoeft niets te zeggen over de ruzie met je vader als je het niet wilt.'

Hij knikt en volgt haar.

'Zo, daar zijn jullie. Hallo Bowie, hoe is het?'

'Gaat wel hoor. Ik heb even wat afstand nodig geloof ik. Dank u wel dat ik hier mag blijven logeren.'

'Natuurlijk. Je ouders weten toch wel dat je bij Fleur bent?'

'Ja hoor.'

Hij wordt gebeld. 'Mijn moeder,' zucht hij. Meteen loopt hij een paar meter van de tafel vandaan en neemt op.

Hij luistert naar haar verhaal en antwoordt uiteindelijk: 'Dat snap ik, maar ik wil nu niet met hem praten.'

Zijn moeder zegt nog van alles, maar Bowie lijkt vastberaden.

'Nee, mam, ik kom niet naar huis. Ik mag hier logeren en ga daarna met de klas naar Amsterdam.'

Het blijft even stil totdat hij zegt: 'Ik zie jullie zondag.'

Hij blijft met zijn rug naar hen toe staan.

Haar moeder kijkt eerst naar Bowie en daarna naar haar.

Vraag hem niets.

Na een paar seconden draait hij zich om. Het is duidelijk dat hij moeite moet doen om zijn emoties weg te stoppen.

'Kom, dan schenk ik een kop thee voor je in,' zegt haar moeder. 'Heb je nog wel zin in het weekend?'

'Eh... ja... Amsterdam is wel leuk natuurlijk, maar ik zou er liever met andere mensen naartoe gaan,' antwoordt hij.

'Hé, hallo, bedoel je dat je het niet leuk vindt om met mij...'

Hij glimlacht. 'Ja, natuurlijk wel. Als jij niet zou gaan, dan bleef ik ook thuis.'

'Maar dat doen we niet en we gaan plezier maken en ons helemaal niets aantrekken van dat stelletje gefrustreerde imbecielen. Jammer dat Anne en Burat er niet zijn. Die komen pas over twee weken terug uit Turkije toch?'

'Ja. Maar waarschijnlijk had je daar toch geen tijd voor gehad met dat volle programma van jullie,' antwoordt haar moeder.

'Dat is waar.'

Ik zou er met Bowie naar toe kunnen gaan. Dan moet ik de sleutel van haar kamer meenemen. Die hangt in de meterkast.

Nadat ze hun thee op hebben, gaan ze terug naar haar kamer.

Vindt hij het niet vreemd om naast mij in het tweepersoonsbed te slapen? Moet ik voorstellen dat hij op de bank gaat liggen? Nee.

Bowie staat met zijn rug naar haar toe. 'Zullen we alvast lekker in bed kruipen, dan kunnen we nog een beetje tv-kijken of een filmpje.'

Hij draait zich om. 'Waar slaap ik?'

'Het bed is groot genoeg, toch?'

Ze wil zijn reactie niet afwachten en verdwijnt de badkamer in. Met een lichaam vol adrenaline lukt het haar nauwelijks haar tanden te poetsen en zich uit te kleden.

Pyjama? Nee.

Gekleed in T-shirt en string, kruipt ze onder het dekbed. Om de spanning te doorbreken, zet ze de tv aan. Haar mobiel zet ze uit.

Ik wil niet dat die klootzak ook dit nog verpest.

Bowie zit over zijn koffer gebogen. Ze doet alsof ze naar het beeldscherm kijkt, maar houdt hem vanuit haar ooghoeken in de gaten. Hij komt met zijn toilettas en een shirt in zijn handen voor haar staan. 'Ik ben mijn tandenborstel vergeten.'

'Neem die van mij maar, of wil je dat niet? Het is de rode.'

'Oké.'

Wat gaat hij aanhouden? Of beter: wat gaat hij uitdoen?

Het duurt een eeuwigheid voordat hij naast haar komt staan. In zijn boxershort en shirt.

'Wow, hoe kom jij aan die gele plekken?'

Hij draait zijn hoofd en haalt zijn schouders op. 'Pfff, ergens tegenaan gestoten denk ik.'

Ze voelt dat ze beter niets kan zeggen en zapt zonder te kijken wat er op tv is.

'Wat een zooi. Wacht, ik zorg voor een lekker muziekje.' Ze glipt het bed uit, pakt haar telefoon en zoekt op Spotify wat nummers van Racoon op.

Langzaam beweegt ze haar heupen verleidelijk heen en weer. 'Wil je met me dansen?'

'Ander keertje. Ik heb niet de juiste outfit aan.'

Ze gaat weer naast hem liggen, met haar gezicht naar hem toe.

Hij draait ook zijn hoofd en kijkt haar aan. 'Fleur, mag ik je wat vragen?'

'Altijd.'

'Wat vind je echt van homo's?'

Godsamme, moet dat nu?

'Tja, het is wel een ziekte toch?' Ze zegt het serieus, maar als ze zijn verwarde gezicht ziet, zegt ze: 'Bowie, geintje, het maakt me echt niet uit of iemand hetero of homo is.'

'Je moet wel eerlijk tegen me zijn hoor.'

'Ik vind het wel jammer dat juist jij op jongens valt, natuurlijk.'

Hij zegt niets terug, maar blijft haar aankijken. 'Waarom hebben heel veel mensen er wel zoveel moeite mee?'

'Geen idee. Omdat ze zelf homo zijn?'

'Wat? Ha, ha. Rem zeker?' Hij schudt zijn hoofd.

'Bowie, ik wil het echt niet meer over hem hebben. Zal ik de grote lamp uitdoen?'

Hij knikt, legt zijn handen boven zijn hoofd en sluit zijn ogen.

Aan wie denkt hij nu? Aan mij?

Als de zanger van Racoon zingt over *don't give up the fight en happy thoughts*, draait ze weer op haar zij en schuift ze haar lichaam dichter naar hem toe. Ze kent zijn lijf, heeft het vaak aangeraakt, maar dit is anders. Of haar hand per ongeluk zijn buik raakt, weet zij alleen. Ze laat hem op een warm zacht stukje huid tussen zijn boxer en shirt liggen. Onder haar vingers voelt ze een lichte trilling. Hij kreunt zacht.

Of denk ik dat maar?

Ze beweegt haar hand heel licht op en neer en schuift haar hoofd nog iets dichterbij. Haar lippen raken de huid van zijn nek. Haar ademhaling versnelt.

Hij draait zijn gezicht naar haar toe en opent zijn ogen. Ze legt haar hoofd terug op het kussen, maar haar hand laat ze liggen. Dan draait hij zijn lichaam naar haar toe. Zijn ogen lachen. Voorzichtig duwt hij zijn mond op haar lippen. Het veroorzaakt een aangenaam spannend gevoel in haar lijf. Ze kust hem terug. Racoon zingt *feel like flying*.

Ze hoopt zo dat hij niets gaat zeggen. Dit keer hoopt ze dus voor de eerste keer in haar leven dat hij niets gaat zeggen. Dat hij het net zo fijn vindt als zijzelf.

Wie het eerst de tong van de ander zoekt, is niet duidelijk. Het gaat vanzelf. Hij kust zoals hij danst; soms meegaand, soms leidend, soms snel, dan weer langzaam, maar altijd flexibel.

Als ze zijn hand op haar billen voelt, weet ze dat hij dit ook wil.

Waarschijnlijk niet voor altijd. Maar nu wel.

Hij beweegt zijn hand langzaam over haar blote rug, legt een been over haar voeten en schuift zo dichtbij dat ze zijn adem op haar gezicht voelt. Dat is niet het enige wat ze voelt. Zijn stijve penis duwt zacht tegen haar buik.

Gaan we het echt doen? Hoe dan? Ik heb geen condooms. Hij vast ook niet.

Het pakje in Annes nachtkastje flitst door haar hoofd.

'Ik moet even plassen.'

Hij knikt en laat haar los. Op haar tenen, met een hartslag van tweehonderd of meer, loopt ze de aangrenzende kamer binnen. Het pakje ligt nog altijd op dezelfde plaats. Ze maakt het open en haalt er een zilverkleurig verpakte condoom uit. Ze verbergt hem in haar hand.

Ik sta voor schut als hij het niet wil.

Hij ligt nog in precies dezelfde houding en kijkt haar vragend aan als ze weer naast hem kruipt. Ze giechelt als een klein kind.

'Wat?'

'Ik heb een condoom voor als we echt...' Ze knijpt haar vingers zowat fijn.

'Wil jij het?' vraagt hij.

Ze knikt en durft hem amper aan te kijken.

'Ik heb het nog nooit echt all the way gedaan,' zegt hij verlegen.

'Maakt niet uit.'

Ze kussen en tasten elkaars lichaam af. Als Bowie haar borsten streelt, sluit ze haar ogen. Met zijn vingers draait hij rondjes rondom haar tepels. Dan beweegt hij zijn hand naar beneden. Ze voelt zijn aarzeling en legt haar hand op die van hem om hem te sturen. Ze voelt zich opgewonden en wil alleen maar dat hij verder gaat.

'Zal ik het condoom omdoen?' fluistert ze in zijn oor.

Hij knikt en trekt zijn boxer uit.

Is het stomme oefenen bij biologie toch nog ergens goed voor geweest.

Ze houdt het topje vast en rolt het condoom met haar andere hand om zijn penis. Hij lacht verlegen en trekt haar slipje en shirt uit. Het nummer is afgelopen, maar zij gaan nog een tijdje door.

BOWIE

Hij wordt onrustig wakker.

Wat heb ik gedaan?

Fleur ligt op haar rug. Het dekbed is naar beneden geschoven. Ze slaapt nog.

Hoe moet het nu verder tussen ons? Ik had het niet moeten doen. Maar ze wilde het. Nee, ik wilde het ook.

Zijn gedachten gaan terug naar gisteravond.

Ik heb het met een meisje gedaan en het was best fijn.

Hij laat zijn blik van haar gezicht naar haar borsten glijden.

Ze heeft een mooi lijf. Het is fijn om ernaar te kijken, het aan te raken, te kussen.

Hij legt een hand op zijn penis, die steeds stijver wordt.

Als ik echt homo ben, dan zou ik dit toch niet moeten voelen? Zal het dan anders voelen als ik naast een jongen lig? Als de hand van Biko mijn buik streelt? De eerste keer seks hebben met je beste vriendin is toch weird? Of niet?

Fleur wordt wakker van de wekkerradio. Het duurt even voordat ze zich op haar zij draait en hem uitzet. 'Nee, ik wil niet naar school. Zullen we gewoon de hele dag in bed blijven?'

En ík wil niet dat ze mijn erectie voelt.

Hij trekt een beteuterd gezicht en schudt zijn hoofd. 'School baby.'

Ze pakt haar telefoon en legt haar hoofd tegen zijn schouder. 'Even een selfie maken.'

Voordat hij het weet heeft ze minstens drie plaatjes geschoten.

'Wow, gave foto. Misschien moet ik die maar naar Rem sturen.'

'Fleur, káppen nou. Hij gaat helemaal flippen als hij mij naast jou ziet liggen. Híj wil naast jou liggen.'

'Bowie, hou op man. Ik wil niet naast hem liggen. Nooit meer.' Ze kijkt hem serieus aan. 'Ik wil echt veel liever bij jou zijn.'

Hij voelt zich ongemakkelijk.

'Ik ben ook graag bij jou, maar...'

Haar ogen smeken hem geen vervelende dingen te zeggen. 'Ik vond het fijn gisteravond, maar het voelt ook niet helemaal eerlijk. Of, nou ja, ik weet niet of ik het had moeten doen. Omdat ik... ook steeds, nou ja vaak, ook aan iemand anders moet denken.'

Hij weet dat hij haar overvalt en voelt zich schuldig als hij in haar vragende ogen kijkt.

'Het is niets hoor, maar ik heb iemand ontmoet aan wie ik dus veel moet denken. Iemand die gisteren in de winkel was om een lading kleding te leveren.'

'Een jongen?'

Hij knikt.

'Oké. Een jongen die kleren komt leveren. Meer niet?'

'Nee, niet echt. Maar ik voelde van alles wat ik niet eerder op die manier heb gevoeld. Waarschijnlijk haal ik me allerlei dingen in mijn hoofd en is het niets, maar ik denk dat ik dat eerst uit moet zoeken Fleur. Het spijt me dat ik je misschien... Het is stom van me.'

'Oké, hou nu maar op. Het is al goed. Echt.'

Haar stem trilt.

Ze draait zich om. 'Let maar niet op mij. Ik spring snel onder de douche, dan hebben we nog even tijd om te ontbijten.'

Ze baalt, dat zal ze nooit toegeven, maar ik zie het aan alles.

Hij hoort gebonk in de badkamer. Het lijkt wel of ze tegen de deur schopt.

Als hij de kraan hoort lopen, stapt hij uit bed. Hij stuurt zijn moeder een kort berichtje terwijl hij zich aankleedt. Nog voordat hij zijn telefoon in zijn broekzak heeft kunnen stoppen, krijgt hij een antwoord. Maar niet van haar. Hij leest het drie keer en wordt iedere keer blijer.

Hoi Bowie. Ga je nog mee naar dat feest? Je gaat het echt gaaf vinden. Kun je er niet even tussenuit sneaken? We kunnen ook gewoon wat drinken. Biko

Yes, yes, yes. Ik wil wel, maar hoe ga ik dat doen? Hij is toch wel serieus? Natuurlijk, waarom zou hij dat niet zijn? Durf ik dat wel? Waarom niet? En Fleur? Nee, dat kan ik niet maken. Of toch wel? Wat moet ik antwoorden? Pff, ik word gek van die vragen.

Het lukt hem niet stil te blijven zitten totdat Fleur terug is. Steeds vaker krijgt hij het angstige gevoel dat Fleur zichzelf niet helemaal in de hand heeft. Ze reageert soms zo onvoorspelbaar.

Haar bijna naakte lichaam, haalt hem uit zijn gedachten. Ze staat voor hem met alleen een felgekleurd groen handdoekje om zich heengeslagen. Aan alles is te zien dat ze teleurgesteld is. Hij durft niet over het lawaai in de badkamer te beginnen, staat op en loopt bij haar vandaan. Ze maakt hem nerveus.

Als hij na een paar minuten weer de slaapkamer binnenkomt, heeft ze zich aangekleed en zit ze op hem te wachten op haar bed. 'Zullen we naar beneden gaan? Ik zal een eitje voor je koken,' zegt ze alsof er helemaal niets is gebeurd of gezegd.

Na het ontbijt fietsen ze samen naar school. Stilletjes, in gedachten. Het contrast met de lawaaierige lessen is groot. Iedereen is met het weekend bezig. Rem toont totaal geen belangstelling voor hem.

Stilte voor de storm? Hij gaat me niet met rust laten. Hij is vast nog iets van plan met dat gedicht en de foto.

Fleur is met haar vriendinnen druk aan het overleggen over de kleren die ze mee gaan nemen en wie naast wie slaapt. Ze kijkt regelmatig in zijn richting. Soms lacht ze en soms denkt hij frustratie te zien.

Het is hem niet duidelijk wat ze écht denkt. Hij weet wél dat hij het moeilijk vindt haar teleur te stellen. Ze betekent heel veel voor hem. Met Fleur in zijn buurt voelt hij zich meestal een stuk rustiger, veiliger. Ze staat stevig in haar schoenen, laat zich niet zo snel opnaaien.

Hoewel, de laatste tijd was ze soms zo onvoorspelbaar. Die hele toestand met de cola over Rems broek.

Maar dat was niet haar enige actie geweest. Ze had vorige week ook een brugsmurf opgetild en hem op een nogal botte manier verteld dat hij moest kappen met het pesten van een andere brugsmurf. Hij hoopt dat ze in Amsterdam niet zo opgefokt zal gaan doen.

Tony, een van de nerds, moet zijn presentatie houden. Over de celontwikkeling van een of ander sloom diertje. Hij had ook bij de rugzakken ingedeeld kunnen worden want hij stottert enorm. De zweetplekken onder Tony's armen zijn al na de eerste zinnen zichtbaar en breiden zich per minuut verder uit.

Als zijn telefoon trilt, is hij Tony helemaal kwijt. Hij legt zijn telefoon op zijn bovenbeen en opent het bericht. Mét foto!

Op het scherm verschijnt het lachende gezicht van Biko. Gemaakt aan zee. Hij zit op een terrasje, in zijn zwembroek.

Wat een spieren.

Er staan twee glazen bier voor hem op de tafel. Hij ontdekt dat er rechts in beeld een stukje hand te zien is. Het is een vrouwenhand met rood gelakte nagels.

Zijn blije gevoel is in één klap weg.

Is dat zijn vriendin? Valt hij wel op jongens? Ik weet helemaal niets van hem. Hij ook niet van mij. Wel gek dat hij me na een half uurtje al uitnodigt om bij hem thuis te komen. Dat doe je toch niet? Misschien is het wel een creep of heeft ie heel andere plannen...

Hij leest de tekst:

Voor de zekerheid nog een keer mijn adres. Je gaat er geen spijt van krijgen.

'Bowie, wat vond jij van Tony's verhaal?'

'Goed.'

'Heb je niet meer te zeggen?'

'Nee.'

'Ik hoop dat je gedachten de moeite waard waren en dat je volgende keer wel bij de les blijft.'

FLEUR

In de pauze loopt ze met haar vriendinnen naar buiten.

'We gaan wel op het eerste het beste vrije bankje zitten hoor. Ik heb mega last van blaren,' zegt Sira.

'Wat wil je ook met zulke hoge hakken. Ga je die ook meenemen naar Amsterdam?' vraagt Shanti.

Haar reactie is behoorlijk fel. 'Ja, ik wil er wel goed uitzien. Wie weet wie we in Amsterdam tegen het lijf lopen.'

'Denk je echt dat we daar gaan stappen? Zonder die hijgende leerkrachten in onze nek?' reageert Shanti.

'Natuurlijk. Wat jij, Fleur?'

'Geen idee.'

'Hallo! Wat is er met jullie aan de hand?' Sira kijkt haar geïrriteerd aan.

'Niks. Ik ben er gewoon niet zo mee bezig. Ik heb andere dingen aan mijn hoofd.'

'Zoals wat dan?'

Ze haalt haar schouders op.

'Fleur?' vraagt Sira nogal dwingend.

'Jullie kunnen je mond toch niet houden.'

'Hoezo niet? Natuurlijk wel,' zegt Sira. Shanti en Dunya knikken driftig.

'Bowie is vannacht bij mij blijven slapen.'

Sira kijkt haar met een rare grimas aan. 'Bedoel je in één bed?'

'Ja. Waarom trek je nu zo'n vies gezicht?'

'Sorry. Zo bedoel ik het niet. Ik moet even wennen aan het idee. Je gaat me toch niet vertellen dat jullie het gedaan hebben? Fleur?'

Ze kan een glimlach niet onderdrukken. 'Nou...'

'Echt? Fleur van der Maat, heb jij het met Bowie Dendermonde gedaan?'

Ze haalt haar wenkbrauwen op en lacht.

'Fleur, serieus. Bowie valt toch op jongens?'

'Dat weet ik ook wel. Maar mag ik hem dan niet leuk en lekker meer vinden?'

'Ja, maar jij vindt hem duidelijk meer dan leuk, toch?'

Ze kleurt en voelt haar lichaam tintelen. 'Weet je wat echt meer dan leuk is? Deze foto.'

Met trots laat ze de selfie zien die ze vanmorgen heeft gemaakt. Drie nieuwsgierige gezichten buigen zich over het scherm van haar telefoon.

'Wauw, die moet je aan Rem doorsturen. Dan is het voor hem misschien echt duidelijk dat hij geen kans meer bij jou maakt. Die gast denkt dat hij iedereen kan krijgen die hij wil. En jij staat bovenaan zijn lijstje. Wow, Rem gaat huilen als hij dit ziet,' zegt Sira.

'Ja, dat denk ik ook. Ik had vanmorgen ook het plan Rem te choqueren met de foto, maar het lijkt me niet slim en Bowie vindt dat echt niet leuk.'

'Mag ik nog eens zien?' vraagt Sira.

Ze legt haar telefoon in Sira's uitgestrekte hand. Die bekijkt de foto, maar dat niet alleen: ze beweegt haar vingers vliegensvlug over het scherm en geeft hem daarna met een zelfverzekerd knikje terug.

'Wat doe jij! Fuck, heb je hem toch verstuurd. Jezus, weet je wel wat je doet. Trut.' Ze pakt haar tas en loopt zwaar geïrriteerd bij Sira vandaan. In de gang leest ze de bijgevoegde tekst.

Het was een heerlijke nacht.

Ze ziet het gezicht van Rem al voor zich.

Wat gaat hij nu doen? Godsamme, ik wil dit niet.

Ze blijft op het toilet zitten totdat de zoemer gaat. Met pijn in haar buik loopt ze het lokaal binnen. Rem toont geen belangstelling voor haar en ook Sira kijkt haar niet aan. Bowie wel. Hij wenst haar succes en lacht lief. Ze lacht terug, maar voelt zich ellendig. Het proefwerk wordt uitgedeeld. De vijftig minuten daarna probeert ze zich zo goed mogelijk te concentreren, maar ze wordt steeds afgeleid door de gedachten aan mogelijke reacties van Rem. Er komt niet veel zinnigs op papier.

Aan het einde van de les loopt ze zuchtend naar het bureau om haar antwoordblad aan de lerares te overhandigen.

Na het laatste lesuur wacht Bowie op haar bij de uitgang. Het is fijn om samen naar haar huis te fietsen. Ze checkt snel haar telefoon. Nog geen berichtje van Rem.

Sira lijkt haar actie al weer te zijn vergeten. Ze steekt haar duim op. 'Veel plezier. Tot morgen.'

Die denkt waarschijnlijk dat ik weer met Bowie het bed in duik.

'Hoe ging Engels?' vraagt Bowie.

'Moeizaam. Ik wist niet veel.'

'Dat is mijn schuld, ik heb je gisteren van het leren afgehouden.'

'Ja klopt. Je hebt wat goed te maken,' antwoordt ze serieus.

'Hoe dan?'

'Daar zal ik nog eens even goed over nadenken.'

Ze zou het liefst meteen naar haar kamer gaan, maar ze kan het niet maken om het kopje thee van haar moeder af te slaan. En ze wil Bowie niet forceren.

'Hoe was jullie dag? Is het nu al bekend of een van jullie zijn of haar gedicht mag voorlezen op de dam?' vraagt hun moeder vanuit de keuken.

'Nee, maar dat zit er niet in, anders hadden we het wel gehoord. Bowie, heb jij het nog ingeleverd?'

Hij schudt zijn hoofd.

'Wat? Dan krijg je dus een één! Durfde je het echt niet?'

'Ik heb het niet meer. Het is uit mijn tas gehaald.'

'Dat meen je niet. Hoe kan dat nou? Dat merk je toch? Wie heeft dat gedaan? Rem zeker.'

'Waarschijnlijk wel. Ik ben bang dat hij de code van mijn kluisje weet.'

'Nee, hoe dan?'

'Geen idee, maar laatst hadden ze toch ook iets op de binnenkant van het deurtje geplakt?'

'Die naakte jongen? Gadver, Bowie, je moet een ander kluisje vragen.'

'Ja.'

'Jezus, dat je dat nog niet hebt gedaan. En wat gaan ze dan met dat gedicht doen?'

'Geen idee.'

'Ik heb zo genoeg van die gast. Ik hoop dat hem iets naars overkomt, zodat hij dit weekend niet meekan.'

Haar moeder kijkt haar met een afkeurende blik aan. 'Fleur, zoiets zeg je niet.'

'Nee, zoiets als Rem uitvoert, dóé je niet,' reageert ze fel. Ze was even vergeten dat haar moeder meeluisterde.

Ze checkt haar mobiel. Niets.

'Kom, we gaan naar boven. Thanks voor de thee, mam.'

Bowie komt achter haar aan en blijft dan wat onhandig midden in haar kamer staan.

Ik moet hem op zijn gemak stellen.

'Als jij nu eens mijn kleren mee uitzoekt,' roept ze en ze trekt haar kleerkast open.

'Oké, laat maar zien.'

Ze haalt haar halve garderobe tevoorschijn en houdt de kledingstukken één voor één omhoog. Steeds vraagt ze om zijn mening. Na ongeveer het twintigste exemplaar gaat hij zuchtend op haar bed zitten. 'We gaan maar een weekend hoor.'

Ze laat zich naast hem op het matras vallen. 'Weet ik, maar ik wil er wel leuk uitzien.'

'Maak je geen zorgen, dat doe je sowieso.'

'Wat ben je toch een lieverd. Maar wat was je nu aan het doen tijdens Nederlands? Je zat duidelijk niet op te letten.'

Hij kan een glimlach niet onderdrukken.

Nee, die jongen natuurlijk. Helaas, gast, Bowie is van mij.

'Ik had een berichtje van Biko.'

'Die jongen uit de winkel? Ga je met hem afspreken?'

'Ik zou het geloof ik wel willen, maar hoe weet ik zeker dat hij op jongens valt en of hij mij ook echt leuk vindt?'

'Geen idee.'

'Ik vind het wel heel spannend, maar misschien houdt hij me gewoon voor de gek. Dat doen er wel meer toch?'

'Bedoel je Rem en co? Dat is toch heel anders.'

'Weet je, vandaag vroeg ik me af waarom de een me leuk vindt en de ander me zo intens haat.'

'Weet je, ik denk dat Rem gewoon een slachtoffer zoekt om te treiteren. Of, zoals ik je al eerder heb gezegd: hij valt zelf op jongens.'

'Nee, echt niet. Het idee maakt me misselijk.'

'Ik heb wel eens gelezen dat jongens die er niet voor uit willen komen, meisjes als een dekmantel gebruiken.'

'Bedoel je mij? Dat ik jou als dekmantel zou gebruiken?'

'Nee, Rem. Die wil juist op een overdreven manier aan de buitenwereld laten zien dat hij heel veel meiden kan scoren. Ik ga het hem gewoon een keer vragen. In de klas, zodat iedereen het hoort. Jij doet dat toch niet.'

'Nee, ik ben een mietje, weet je wel.'

'Alsof ik zo'n held ben.'

Ze durft hem echt niet te vertellen van de foto en hoopt dat Rem hem heeft gewist.

Die kans is klein. Als je Rem echt raakt, zal hij het je persoonlijk laten voelen.

BOWIE

Als ze na het avondeten de herhaling van "So you think you can dance" bekijken, wordt er op de deur geklopt. Het is Fleurs moeder.

'Bowie, je vader is hier en hij wil heel graag met je praten.'

Nee. Waarom laat die man me niet gewoon even met rust?

Hij zucht en staat op. 'Oké, ik kom zo.'

Fleur komt naast hem staan. 'Doe het nu maar. Luister gewoon naar wat hij te zeggen heeft.'

Hij knikt en loopt de trap af.

Zodra ze elkaar zien, komt zijn vader op hem afgelopen. 'Ik wil graag nog wat tegen je zeggen voordat je naar Amsterdam gaat.'

'Ik laat jullie even alleen,' zegt Fleurs moeder.

Dat zijn vader hem hier op komt zoeken voelt erg ongemakkelijk.

'Ik blijf maar kort hoor. Zullen we even gaan zitten?' vraagt zijn vader.

Ze nemen tegenover elkaar plaats. Zijn vader schraapt zijn keel: 'Ik realiseer me dat mijn reactie laatst niet de beste was. Ik moet eraan wennen, Bowie. Het komt nogal koud op mijn dak vallen.'

Het is akelig onduidelijk wie er nu iets moet gaan zeggen.

'Ik ben namelijk bang dat je het lastig gaat krijgen of gepest gaat worden. Maar ik mag volgens je moeder die angst niet op jou projecteren. Ik heb veel met haar gepraat en ze heeft me doen inzien dat jij alleen gelukkig kunt worden als je jezelf mag of kunt zijn. En hoe moeilijk ik het nu ook nog vind, ik wil wel dat je gelukkig wordt. En als dat alleen met een jongen of een man kan, dan is dat zo en zal ik me daar bij neer moeten leggen.'

Je moet niks hoor.

'En je moet weten dat je altijd welkom bent.'

Ze kijken elkaar voor het eerst in lange tijd echt aan.

'Het heeft tijd nodig. Ik hoop dat je dat ook kunt begrijpen en ik hoop ook echt dat ik er over een tijdje gemakkelijker over kan denken.'

'Ik ben nog steeds dezelfde jongen hoor.'

'Ja, natuurlijk. En ik dezelfde vader. Een ouwe man die misschien te bang, of te principieel is om van zijn pad af te wijken.'

'Schaam je je voor mij? Ben je bang hoe de buitenwereld gaat reageren?'

Zijn vader zucht, maar geeft geen antwoord.

'Ik stel je teleur. Ik wil dansen in plaats van voetballen, ik wil je niet opvolgen in de winkel en ik val waarschijnlijk ook nog op jongens.'

'Bowie, het loopt inderdaad allemaal anders dan ik had verwacht. Misschien had gehoopt, maar ik ben op heel veel dingen wél trots. Op je doorzettingsvermogen, je sociale karakter, je schoolprestaties en nog veel meer. Het komt wel goed. Ik wil niet dat jij ook zo'n angsthaas gaat worden die niet van zijn pad af durft te wijken.'

De woorden van zijn vader zijn waarschijnlijk echt goed bedoeld, maar ze nemen de frustratie van de laatste tijd niet weg. Het lukt hem wel een flauwe glimlach tevoorschijn te toveren. Hij hoopt zo dat zijn vader hem niet gaat omhelzen of nog erger: gaat kussen.

'Oké, dan laat ik je weer met rust. Ik hoop dat je een fijn weekend hebt en dat je daarna gewoon weer naar huis komt.' Hij haalt zijn portemonnee tevoorschijn en legt een briefje van vijftig euro op tafel. 'Hier, een zakcentje.'

'Dank je wel.'

Zijn vader knikt, staat op en raakt heel even zijn bovenarm aan. 'Dag.'

'Dag.'

Hij voelt een brok in zijn keel als zijn vader zich omdraait en de kamer uitloopt.

FLEUR

De diepe zucht van Bowie zegt genoeg. Hij gaat naast haar op bed zitten en zegt: 'Dit had ik echt niet verwacht. Mijn vader die zijn excuses aanbiedt en hoopt dat ik mijn eigen pad ga kiezen. Niet dat hij er blij mee is, maar toch...'

Ze legt haar hand op die van hem. 'Wel dapper van hem. Het komt goed. Wat wil je vanavond graag doen? We kunnen ook even een terrasje pikken als je daar zin in hebt?'

'Ik wil liever hier blijven. "Expedition Robinson" komt straks.'

Het idee dat hij liever bij haar wil zijn maakt haar blij, maar dat gevoel wordt meteen weggedrukt door een berichtje van Rem.

Ze vlucht naar het toilet.

Als ze op de bril zit, opent ze het.

Moet ik nu jaloers worden? Maar als jij het leuk vindt om mij foto's te sturen, heb ik er ook nog wel een paar waar ik jou en heel veel anderen op kan trakteren. Welke wil je? Waarop je alles ziet? Of liever alleen je borsten? Wordt Amsterdam toch nog leuk!

Met ingehouden adem leest ze de tekst nog een keer.

Hij meent het. Hij gaat het doen.

Ze voelt een enorme woede in zich opkomen en is in staat de toiletdeur uit zijn voegen te rammen. Het staat er echt.

Vuile schoft. Als jij dát doet, ga ik het je nooit vergeven. Nooit.

Ze staat op, en trekt door.

'Bowie, ik trek alvast mijn pyjama aan en ga zo meteen slapen.'

'Nu al? Is er iets?'

'Nee hoor.'

'Heeft het iets met mij te maken?'

'Nee. Het heeft niet altijd met jou te maken. Ik ben gewoon moe.'

Ze sluit de badkamerdeur en besluit dat ze eerst iets tegen de koppijn moet nemen. Het medicijnkastje puilt uit van de pillendozen. Het merendeel van de medicijnen wordt door haar moeder gebruikt. Helemaal bovenin ligt een doosje met twee spuitjes. Slaapmedicatie, of nee iets rustgevends. Heel zwaar spul. Haar moeder had het door de huisarts ingespoten gekregen nadat ze bijna was gestikt tijdens een enorme paniekaanval. Ze was een paar uur daarvoor op haar werk door een cliënt met de dood bedreigd. De spuitjes hadden haar in een soort coma gebracht.

Ze pakt het doosje, kijkt of de bijsluiter er nog wel inzit en stopt het in haar zak.

Rem, ik weet hoe ik je kan krijgen waar ik je wil hebben.

BOWIE

Hij ligt al een uur te piekeren als Fleur haar ogen opent. Het eerste wat ze doet is haar telefoon checken.

Hij kijkt naar haar zorgelijke gezicht. 'Goedemorgen. Hoe is het met je hoofdpijn?'

'Slecht. Heb jij goed geslapen?'

'Jawel. Fleur, ik wil niet dat het tussen ons in komt te staan.'

'Hè? Wat bedoel je?'

'Dat weet je best.'

'Bowie, moet dat nú? Ik ben net wakker. We doen alsof er niets is gebeurd. Oké?' Ze gaat rechtop zitten zodat hij haar gezicht niet kan zien.

'Nee. Want het is wél gebeurd.'

'Wat wil je dan? Terugdraaien zal moeilijk gaan. Door er steeds weer over te beginnen maak je het dus zelf veel groter dan het is.'

'Maar wat vind jij er dan van?'

'Niks. Ik vind er gewoon niks van. We hebben een condoom gebruikt, dus ik ben niet zwanger. Het was eenmalig, so what's the problem?' Haar gebaren verraden dat ze behoorlijk geïrriteerd is. 'Misschien is er ook geen probleem, maar jij vindt praten altijd belangrijk en nu zeg je niets. Daarom denk ik dat je iets dwars zit. Ik zou het echt heel erg vinden als we geen beste vrienden meer zijn.'

Ze haalt haar schouders op en schudt haar hoofd.

'Zeg nu gewoon wat je denkt.'

'Ik denk dat we op moeten staan.'

Hij gaat naast haar zitten en legt een arm om haar schouders. 'Ik vind je superlief en je bent mijn beste maatje. En ik vond het fijn, echt waar.'

Ze kijkt hem nu pas aan en lacht heel flauwtjes.

Hij veegt een sliert haren uit haar gezicht en kust haar op haar wang. 'Als je je niet lekker voelt, blijf je toch gewoon een dagje thuis. Je moet namelijk wél mee naar Amsterdam.'

Ze knikt en laat zich weer achterover vallen. 'Goed idee. Ik blijf in bed. Wil jij aan mijn moeder vragen of ze school belt?'

'Ja doe ik. Ga jij lekker nog even slapen.'

FLEUR

Als Bowie weg is, opent ze haar laptop. Ze bekijkt nog een keer de door haar geselecteerde youtubefilmpjes en checkt tussendoor steeds haar telefoon.

Ik moet dit doen. Ik moet hem niet alleen psychisch maar ook lichamelijk pijnigen. Dat is wat hij verdient: lijfstraf.

De foto's waren op zijn slaapkamer genomen. Op twintig december. Het was tot aan dat moment een leuke dag geweest. Het begon met een filmpje kijken, daarna een etentje bij zijn vrienden, waar ze te veel wijn had gedronken, en vervolgens de uitnodiging om nog even mee te gaan naar zijn kamer. Ze had het zelf goed gevonden dat hij haar had uitgekleed. Maar met haar dronken hoofd had ze zich te laat gerealiseerd dat hij een aantal foto's van haar had gemaakt. Foto's waarop haar naakte lichaam close in beeld was gebracht. Ze had toen al kunnen weten dat hij zijn belofte, de foto's echt nooit aan iemand anders te laten zien, niet zou houden.

Hij is namelijk een onbetrouwbare klootzak.

Dat ze hem toen niet heeft gedwongen de foto's te wissen, is de grootste fout ever geweest.

Als er op de deur wordt geklopt, slaat ze snel haar laptop dicht. 'Ja?'

Haar moeder blijft in de deuropening staan met een kopje thee in haar handen. 'Bowie vertelde me dat je hoofdpijn hebt. Hoe is het nu met je?'

'Gaat wel. Ik heb heel slecht geslapen.'

'Heeft het met Bowie te maken?'

'Nee. Hoezo?'

'Nou Fleur, doe nu eens even niet zo onnozel of ontwijkend. Wij vinden het goed hoor dat Bowie hier blijft slapen. Ook dat hij bij jou op de kamer slaapt, maar ik had verwacht dat je een matras erbij zou schuiven.'

'Wat een onzin. Dit bed heeft toch twee matrassen.'

'Dat wel, maar jullie hebben toch geen... ik bedoel, jullie zijn toch geen stelletje?'

'Nee, helemaal niet. Waarom zeg je dit?'

'Ik denk soms te zien dat jullie... hoe jullie naar elkaar kijken...'

'Mam, hou alsjeblieft op. Ik wil nog even slapen en ga straks wat aan mijn huiswerk doen.'

'Goed. Je moet wel mee kunnen komend weekend. Dat heb je Bowie beloofd.' Ze zet de thee op het nachtkastje en verdwijnt.

BOWIE

Gelukkig nog maar een halve dag naar school.
In de afgelopen dagen waren er geen schrikbarende dingen gebeurd, maar toch was de spanning af en toe te snijden. In de klas,
maar ook bij Fleur. Ze was niet meer naar school gegaan, maar
ze gaat gelukkig wel mee naar Amsterdam. Ze zegt zelfs dat ze
er heel veel zin in heeft.
Toch gelooft hij haar niet. Ze is anders. Geen vat op te krijgen.
Soms lief, uitbundig, vrolijk, maar soms ook afstandelijk en kil.
Erover praten heeft hij opgegeven. Ze raakt toch alleen maar geïrriteerd. Het blijft wel bijzonder om samen in één bed te slapen.
Hij denkt te voelen dat Fleur meer zou willen en hij misschien
ook wel als hij zijn verstand zou uitschakelen. Daarom houdt hij
bewust afstand. Het is bijna niet te geloven wat er de afgelopen
week allemaal in zijn kop heeft afgespeeld.

Gisteravond was zij als eerste in slaap gevallen. Hij had heel lang
naar haar liggen kijken en haar adem op zijn gezicht gevoeld.
Toen ze haar hand per ongeluk op zijn rug had gelegd, had hij
daar geen enkele moeite mee gehad. Maar toch is het niet Fleur
van wie hij droomt. Dat is van de jongen met de mooiste ogen,
met het lekkerste lijf, de liefste lach aller tijden. Biko had nog een
paar keer contact met hem gezocht. Steeds waren het lieve, grap-
pige berichtjes geweest. Tot gisteravond. Toen had Biko hem on-
verwachts gebeld. Het horen van zijn stem had hem een heel blij
gevoel gegeven.
Ook dit had hij niet met Fleur durven delen.

Over het komend weekend heeft hij een dubbel gevoel. Dichtbij Biko, maar ook dichtbij Rem. Heel dichtbij. Het idee dat hij morgen misschien wel naast Rem ligt in plaats van naast Fleur, bezorgt hem buikpijn.

FLEUR

Ze is in haar hoofd constant bezig met het weekend. Het was wel fijn om de laatste dagen niet naar school te hoeven gaan en het huis voor zichzelf te hebben. Geen vragende ouders, maar vooral geen life contact met Rem. Hij had haar ook geen mobiele dreigementen meer gestuurd. Maar van die verraderlijke stilte wordt ze misschien wel nerveuzer.

Voordat Bowie uit school komt, wil ze alles in orde hebben. Ze controleert haar bagage voor de tiende keer. In het voorvakje van haar koffer zitten de sleutels van de kamer van haar zus, de comaspuitjes, waarvan ze de werking zorgvuldig heeft bestudeerd en de handboeien die ze via internet heeft gekocht. Er was gelukkig niemand thuis geweest toen ze werden bezorgd.

Ze moest hem wel zover zien te krijgen dat hij meeging, maar dat zou haar zeker gaan lukken.

Ze schrikt op als er op de deur wordt geklopt.

Zou het Bowie al zijn? Dan is hij eerder dan ze had verwacht.

Ze sluit haar tas en roept dat hij binnen kan komen.

Bowie ziet er moe uit. Hij zet zijn tas op de grond en gaat zuchtend naast haar op het bed zitten.

'Was het zo erg op school?' vraagt ze met een uitdagend lachje.

Hij haalt zijn schouders op.

'Bowie, wat? Is er iets gebeurd?'

'Nee, maar ik ben bang dat er wel iets gáát gebeuren. De macho's houden me al dagen in de gaten. Ze zeggen niets, maar ik word doodziek van hun gebaren en hun vernederende blikken.'

'Heeft Rem nog iets over mij gezegd?'

Hij schudt zijn hoofd, maar ze ziet dat hij iets verbergt.

'Wel dus! Wat heeft hij gezegd. Ik wil het weten.'

'Ik weet het niet meer precies meer. Dat het zeker niet saai gaat worden in Amsterdam omdat hij voor ons beiden een leuk cadeautje heeft of zoiets. Ik denk dat hij voor mij het gedicht bedoelt, maar ik weet natuurlijk niet wat hij jou...'

'Ik zou het ook niet weten. Heb je zin in chips? En wat wil je drinken?'

'Eh, ja, maar ik had eigenlijk bedacht dat ik je op een ijsje wil trakteren bij Toscane. Als je je wat beter voelt.'

'Ja, lekker. En we laten ons niet gek maken, Bowie.'

De bus staat klaar om te vertrekken als ze door de moeder van Fleur worden afgezet.

Vrijwel iedereen heeft zich al geïnstalleerd. Rem en zijn vrienden zitten helemaal achterin. Een paar banken bij hen vandaan zijn nog twee vrije plaatsen naast elkaar. Hij sjouwt achter Fleur aan en legt zijn bagage in het rek boven hen.

'Daar hebben we onze tortelduifjes. Hé, Bowie, wat een leuke koffer. Zitten daar je skinnyjeans en je roze polo's in?' Het is Zaïr, die zelf het hardst lacht om zijn opmerking.

Hij reageert niet en gaat op de stoel bij het raam zitten.

Hoe had hij het kunnen laten gebeuren dat hij vanavond met hen op één kamer sliep. Ze kunnen daar met hem doen wat ze willen. Hij probeert rustig te ademen en voelt Fleurs hand op zijn been. 'Laat hem. Zaïr is een heel zielig ventje,' zegt ze.

Na een paar minuten zakt het benauwde gevoel, maar zijn shirt is waarschijnlijk nu al nat van het zweet.

Meneer Van Daal begint de namen om te roepen. Als hij met schorre stem roept dat hij present is, kan hij niet horen wat ze achter hem zeggen, maar er wordt hartelijk om gelachen.

Hij zakt onderuit en leest het laatste berichtje van zijn moeder nog een keer.

Hallo Bowie, heel veel plezier. Papa heeft tijd nodig maar het komt goed. Let goed op jezelf. Dikke kus mama.

Zou het echt goed komen? Zijn vader zou straks misschien doen alsof er niets aan de hand was, maar hij zou er altijd moeite mee hebben. De halve wereld zou er moeite mee hebben. De enige die echt blij reageerde was Biko. Maar voor hetzelfde geld maakte hij een geintje met hem, of erger: wilde Biko iets heel anders dan hij dacht.

Het eerste uur lijkt op het eerste uur op school: het merendeel slaapt en is niet in staat te reageren op invloeden van buitenaf. Ook Fleur. Haar hoofd ligt al meer dan vijfentwintig minuten bewegingloos tegen zijn borst. Hij luistert via zijn oortjes naar David Guetta en voelt dat ook zijn oogleden zwaar worden. Even dommelt hij in slaap.

Als er iemand op zijn schouder tikt schiet hij overeind. Fleurs hoofd beweegt van links naar rechts.

Zaïr staat naast hem in het gangpad. 'Rem vraagt of je condooms bij je hebt.' Het wordt zogenaamd fluisterend gezegd, maar de helft van de mensen moet het hebben gehoord.

Niet reageren.

Zaïr blijft staan en kijkt hem vragend aan.

'Flikker op, klootzak,' roept Fleur kwaad.

Meneer Van Daal staat op en kijkt hun kant op. 'Let een beetje op je woorden, dame. Wat is er aan de hand?'

Maak het niet erger.

'Fleur, alsjeblieft, doe een beetje rustig,' zegt hij dwingend. Hij voelt haar aarzeling.

'Er is niets,' antwoordt ze kortaf en ze legt haar hoofd weer terug. 'Rem en meeloper zijn nog niet klaar met mij,' hoort hij haar fluisteren.

Meneer Van Daal legt nog een keer tot in de puntjes uit wat er van hen wordt verwacht. Hij eindigt met: respect voor elkaar.

Om exact tien uur lopen ze het hotel binnen. Het is rustig, maar dat komt waarschijnlijk omdat ze eerder dan normaal mogen inchecken.

Kamer twintig ligt op de begane grond en bestaat uit een kale ruimte met daarin drie stapelbedden. De douches zijn op de gang. Hij komt als laatste binnen.

De anderen liggen op hun bed en volgen iedere beweging die hij maakt. Het enige matras dat nog vrij is, bevindt zich boven het bed van Rem.

Ze hebben iets gedaan. Iets met mijn bed?

Hij zet zijn koffer in de hoek van de kamer, met het plan meteen weer weg te gaan.

Rem is hem voor. Hij blokkeert de deur. 'Bowie, luister even. Ik wil dat je één ding voor me doet.'

'En dat is?'

'Bij Fleur uit de buurt blijven.'

Wat denkt hij nou?

Hij reageert niet.

'Je kunt het ook niet doen, maar dan ga jij een heel naar weekend tegemoet.'

'Dat zullen we dan wel zien. Ik wil er door.'

'Geef me eerst een antwoord.'

Hij blijft Rem strak aankijken. Van binnen trilt hij als een rietje, maar van buiten lijkt hij te bevriezen.

Rem knikt en knijpt zijn ogen tot spleetjes. Oké, prima, dan moet je het zelf weten. Zo te merken gaan we een heel gezellige nacht beleven.' Daarna gooit hij de deur open.

Hij wil koste wat het kost de spanning die hij voelt verbergen en loopt met rechte rug de kamer uit.

In de hal mengt hij zich tussen zijn klasgenoten die één voor één binnendruppelen. Over een halfuur worden ze bij het Anne Frankhuis verwacht. Fleur is er nog niet.

Rem komt niet lang na hem luid pratend binnenlopen. Met zijn bodyguard Zaïr.

Ze kijken geen enkele keer zijn kant op. Het is duidelijk dat ze meer geïnteresseerd zijn in de folders van het Torturemuseum. Plotseling wordt hij bij zijn arm beetgepakt. Het is Fleur die hem meetrekt. 'Kom, we nemen de tram.'

Ze hebben bijna een uur in de rij gestaan voordat ze naar binnen mogen. In het laatste kwartier was de verveling toegeslagen en had een aantal leerlingen zich tot ergernis van de leraren, nogal misdragen.

De gids is een serieuze vriendelijke oudere vrouw.

Succes met dit stelletje aso's.

Ze drukt hen op het hart dat ze respect moeten tonen voor de spullen en de verhalen.

Daarna vraagt ze of de groep bij elkaar wil blijven. Dat neemt Rem wel erg letterlijk. Hij trapt zowat op zijn hielen.

Rem en Zaïr maken de hele tijd flauwe grappen en hebben meer oog voor de vrouwelijke toeristen dan voor de gids. Als ze bij de beroemde boekenkast zijn aangekomen vraagt de vrouw nadrukkelijk om stilte. 'Jongens en meisjes, dit is de belangrijkste schakel naar de schuilplaats. Ene meneer Voskuijl heeft hem getimmerd.'

Rem buigt zich naar voren. 'Bowie, heb jij thuis ook zo'n boekenkast? Zou wel handig zijn. Kun je je ook verstoppen. Of nee, kun je oefenen om uit de kast te komen.'

Er wordt gelachen.

De vrouw zoekt geïrriteerd naar degene die de opmerking heeft gemaakt. Rem zoekt uitsloverig met haar mee.

Hebben de leraren het echt niet gehoord? Waarom zeggen ze niets?

Als ze in het achterkamertje rondlopen, zegt de vrouw dat Anne voortdurend bang was ontdekt te worden. Rem is nog niet klaar en zegt: 'Daar hebben meer mensen last van.'

Dit keer draait Fleur zich geïrriteerd om en snauwt: 'Hou nou toch eens je mond. Jij bent echt ziek.'

Rem doet alsof hij schrikt. 'Sorry liefje, ik wil je niet boos maken. Maar er is hier maar één iemand ziek en dat ben ik niet.'

Fleur zet een stap naar voren, maar ze lijkt te twijfelen.

Hij pakt haar hand beet en trekt haar weer naar achter. 'Laat hem toch. Hij zet zichzelf alleen maar voor schut. Kom, we lopen verder.'

Ze vloekt binnensmonds en schiet het eerste het beste toilet in.

Hij zou achter haar aan willen gaan, maar beseft dat dit niet gaat.

Rem verpest alles. Niet alleen dit uitstapje. Alles!

Hij betrapt zichzelf voor het eerst in zijn leven erop dat hij iemand echt dood wenst.

Was ik maar gewoon thuisgebleven.

De lunch en rondvaart waren in vergelijking met het bezoek aan het Anne Frankhuis redelijk rustig verlopen. Rem had het te druk gehad met indruk maken op de beauty bitches en te fluiten naar alle passerende meiden met lang blond haar en grote borsten. Toen hij ook een poging had gedaan om Fleur over te halen om met hem een biertje te drinken, had ze hem op een behoorlijk harde manier afgewezen. Rem had niet haar, maar hem met een kille blik in zijn ogen aangekeken.

Ik ga echt niet doen wat jij wilt. Ik laat Fleur nooit vallen.

Ze waren samen in de buurt van de leraren gebleven. Het was grappig om van hen te horen welke uitstapjes zij tijdens hun schooltijd hadden gemaakt.

Fleur lijkt iets minder opgefokt. Misschien ook wel door de twee biertjes, die ze ondanks hun leeftijd gewoon hadden kunnen bestellen. Hij voelt zich redelijk ontspannen en daarmee laat hij ook het dagdromen over Biko toe.

Fleur pakt zijn arm beet. 'Bowie, zullen we er samen even tussenuit knijpen?' vraagt ze als ze met zijn allen richting de Dam en de Nieuwe Kerk lopen.

'Dat klinkt niet verkeerd, maar ik heb niet zoveel zin in gezeik. Laten we maar gewoon doen wat van ons wordt verwacht,' antwoordt hij.

Loser. Waarom doe ik nu niet wat ik echt graag zou willen doen? Gewoon samen met Fleur door Amsterdam slenteren. Of nu naar Biko gaan?

Ze kijkt hem geïrriteerd aan. 'Jij altijd met je plichtsbesef. Je zou eens schijt moeten hebben aan dat wat er van je verwacht wordt. Of wil je niet met mij alleen zijn?'

'Echt wel,' antwoordt hij nu ook wat kortaf.

'De kamer van mijn zus is hier vlakbij,' probeert ze nog.

Hij durft het echt niet.

De leraren zullen moeilijk gaan doen. Rem zal me nog meer haten. En wat wil Fleur met mij op de kamer van haar zus?

Na een tijdje vraagt ze: 'Je gaat zeker wel naar die jongen?'

'Welke jongen?'

'Doe niet zo flauw.'

'Nee, ik denk het niet.'

'Laat je door mij niet tegenhouden. Ga maar. Ik vermaak me prima zonder jou.'

Het kwetst hem als ze zo tegen hem praat, maar om haar niet nog bozer te maken zegt hij niets. Ze sluiten achteraan bij de groep.

Hij snapt het niet, eerst wil ze samen met hem weg, nog geen minuut later is ze hem liever kwijt.

Na een half uurtje lopen komen ze op de wallen uit.

Een aantal jongens, onder wie Rem, loopt met hun neus tegen de ramen en praat over de meisjes en vrouwen alsof het over een veekeuring gaat.

Halverwege stopt Rem plotseling. Langzaam draait hij zich om en steekt hij beide handen in de lucht. 'Luister, Bowie, jij bent toch bijna jarig? Ik heb een idee. Ik heb een cadeautje voor je. We lappen allemaal vijf euro, dan kun je je een keertje lekker laten verwennen door een van de hunkerende dames. Kun je ons bewijzen dat je een echte man bent. Wie doet er mee?'

Fleur trekt hem mee. Hij hoort de reacties niet meer. Wat wel blijft is het opgefokte gevoel in zijn lijf.

Als ze bijna aan het einde van de straat zijn, staat ze stil. 'Luister Bowie, ik kan hier echt niet meer tegen. Of jij doet iets, of ík. Jouw regel: niets zeggen of doen, dan gaat het vanzelf over, geldt vanaf nu niet meer. Niet voor mij! Of je doet met mij mee, maar dan op mijn manier, of je kiest ervoor om op jouw manier verder te gaan. Zeg het maar.'

Wat moet hij hier nu mee? Het laatste waarop hij zit te wachten is dat Fleur ook weer moeilijk gaat doen. Hij loopt verder, omdat praten niet lukt. En huilen is het laatste wat hij nu wil doen.

'Oké. Dat is dan duidelijk,' hoort hij haar zeggen.

Ze blijft wel bij hem in de buurt tijdens hun bezoek aan de Nieuwe Kerk, maar de gespannen sfeer tussen hen zorgt voor een steeds grotere afstand. De fototentoonstelling gaat totaal aan hem voorbij.

De rest van de middag had hij helemaal geen behoefte gehad zich te mengen in de groep. Niet tijdens het eten en al helemaal niet in het café, waar ze nu al een paar uur met de klas rondhangen. Er wordt muziek gedraaid die hem irriteert. Een aantal klasgenoten heeft al een poging gewaagd hem op de dansvloer te krijgen, maar hij heeft ze vriendelijk geweigerd.

De leraren hebben zich afgezonderd in het voorste gedeelte van de kroeg.

Hij zou er nu op af moeten stappen en hun alles moeten vertellen over Rem, over de vernederingen, over de bedreigingen, over het fysieke geweld, over het gedicht.

Zou hij dat echt bij zich hebben?

Hij kan er zich niet toe zetten.

Hij weet namelijk dat ze door gaan vragen en het in de groep willen bespreken. Net zoals bij de introductie van het pestprotocol zullen de macho's schijnheilig ja en amen knikken, maar nog voordat de leraren zich hebben omgedraaid, zullen ze hem terugpakken. Maakt niet uit hoe. Als het maar pijn doet.

Hij moet dit zelf stopzetten. De confrontatie aangaan. Niet waar iedereen bij is. Gewoon zij met zijn tweeën.

Wat hem het meest pijn doet is dat Fleur hem sinds haar uitbarsting vanmiddag links laat liggen. Ze had hem de rug toegekeerd en was naar haar vriendinnen gegaan. En tot zijn verbazing staat ze zowat al de hele avond bij het groepje van Rem en zijn vrienden.

Ze is me natuurlijk spuugzat. Met mij valt hier niet veel, zeg maar niets te beleven.

Maxime, een van de grijze muizen, komt bij hem staan en vraagt of hij wat wil drinken.

Hij hoeft haar medelijden niet, maar antwoordt haar dat hij wel een icetea lust.

De afstand tussen hem en Fleur is niet meer dan een meter of vijf. Ze moet hem hebben gezien, maar reageert niet. Dat Fleur zich alle aandacht van Rem en zijn vrienden laat aanleunen, maakt hem verdrietig en boos. Ze heeft duidelijk te veel gedronken.

Rem had op school al aangekondigd dat hij een paar flessen drank mee zou smokkelen. Dat Fleur zoveel drinkt moet ze zelf weten, maar hij hoeft het niet te zien.

Zonder iemand gedag te zeggen, verlaat hij om half tien het café via de achteruitgang. Het steegje is amper verlicht. Na een meter of twintig ziet hij twee jongens van zijn leeftijd staan. Ze kijken hem onafgebroken aan. Hij kan de uitdrukking op hun gezichten niet goed zien, maar de angst grijpt hem naar de keel. In plaats van normaal door te lopen, zet hij een pas achteruit.

De jongens gebaren iets naar elkaar en knikken. Een van de jongens komt in zijn richting gelopen.

Ik moet terug naar binnen gaan.

'Was het niet leuk daar? Dat is natuurlijk ook geen tent voor jou.'

Hij blijft voor zich uit kijken en zijn gedachten gaan veel sneller dan hij ze ooit zou kunnen uitspreken.

'Heb je zin om met ons mee te gaan? Naar een echte tent?'

'Nee, ik ga terug naar het hotel.'

'Welk hotel?'

Shit.

'Ik wacht even op de rest. Die pakken hun jas.'

'Oh, dan wachten we wel even totdat ze er zijn. Het is namelijk niet slim om in je eentje in deze buurt rond te lopen. Je bent hier nieuw hè? Of nee, weet je wat? We lopen wel een stukje met je mee. We hebben ook nog wel wat lekkers als je daar zin in hebt.'

Hij draait zich om en wil het op een sprinten zetten, maar als hij tot zijn grote opluchting meneer Van Daal in de deuropening ziet staan, zet hij een paar loodzware passen in zijn richting.

'Bowie, ik hoorde dat je al was vertrokken. Kom, dan lopen we samen naar het hotel.'

Hij zou zijn leraar wel kunnen omhelzen, maar in plaats daarvan knikt hij en lopen ze zwijgend zij aan zij het steegje uit. Hij heeft sterk het gevoel dat de jongens achter hem aankomen. Meneer Van Daal zet flink de pas erin en vraagt gelukkig niet waarom hij nu al naar het hotel terug wil.

Pas als ze in de straat van het hotel zijn aangekomen, durft hij om te kijken. Geen jongens te zien.

Wat wilden ze van hem? Seks? Misschien ging het Biko ook alleen maar daarom. Net zoals in die film waar die jongen werd verleid door een psychopaat die hem vervolgens op een gruwelijke manier misbruikte? Nee, Biko was echt niet zo. Zoiets voelde je toch?

Bij binnenkomst wenst meneer Van Daal hem een goede nacht.

Goede nacht? Met Rem onder me?

Daar staat hij dan. Alleen in een verlaten hal. Hij draait zich om en loopt terug naar de draaideur.

FLEUR

Ze ziet nog net de rug van Bowie als hij naar buiten glipt. Het is zo klote om hem nu alleen te laten, maar ze heeft maar één doel vanavond.

'Wil je ook nog wat drinken schatje?' vraagt Rem als ze naast hem gaat staan. Hij kijkt haar al behoorlijk wazig aan.

'Ja, doe mij maar een cola. Ik heb namelijk het idee dat het nog een lange nacht gaat worden.'

'Zeker weten. Waar is Bowie eigenlijk? Ik heb nog een verrassing voor hem in petto, maar die kan ook wachten tot morgen. Wist jij trouwens dat Bowie een ontzettend goede dichter is?'

'Nee, en ik heb geen idee waar hij is, maar wat maakt dat uit?'

'Zo! Vertel. Heb je hem gedumpt?'

'Min of meer.'

'Eindelijk. Ik begreep echt niet wat jij met zo'n jongen moet. Zeker niet als je een echte vent gewend bent.'

Ze bijt haar lippen zowat aan flarden als ze de misselijkmakende blik in Rems ogen ziet.

Als hij naar de bar loopt komt Sira bij haar staan. 'Fleur, heb je te veel gedronken of zo? Wat ben jij van plan? Je gaat toch niet weer met hem aanpappen? En Bowie dan?'

'Sira, please, bemoei je er niet mee. Ik leg het je later uit.'

Ze probeert het verontwaardigde gezicht van haar vriendin te negeren.

Rem overhandigt haar het glas. 'Alsjeblieft, een cola.'

'Dankjewel. Proost. Op een zwoele avond dan maar, toch?'

De geilheid spat uit zijn ogen.

Sira druipt hoofdschuddend af.

Ik moet niet te lang meer wachten. Als hij iets doorkrijgt, gaat hij me zeker voor de hele wereld vernederen. Nu!

Ze buigt haar hoofd dicht bij zijn oor. 'Ik weet een gave plek waar we alleen kunnen zijn. Ik moet nog wel van te voren wat regelen. Dat kan alleen ter plekke. Ik bel je het adres door als ik klaar ben.'

Hij kijkt haar verrast aan. 'Oké,' is alles wat hij antwoordt.

Ze wacht totdat ze zeker weet dat de leraren haar niet naar buiten zien gaan en stapt de schemerige avond in. De haat die ze voor Rem voelt, is niet te beschrijven. Het lijkt alsof haar hoofd ieder moment kan exploderen van alle opgekropte woede.

Ik ga het doen. Ik kan het.

Pas na tien minuten durft ze stil te staan en om zich heen te kijken.

Jezus, dit is zenuwslopend. Ik moet rustig blijven. Ik weet precies wat ik ga doen. Ik heb de spullen in mijn tas en de rest is op de kamer. Als ik er ben, ga ik hem bellen.

Ze kent de weg niet goed meer, maar heeft haar telefoon als navigatie. Nog zes straten te gaan.

Als ze tegen een verlopen type botst, wordt ze uitgescholden. Ze blijft staan en kijkt de man geschrokken aan.

'Wat moet je nu? Ben je blind of zo? Stomme trut.'

Haar hart staat zowat stil. 'Sorry, ik zag u...'

'Ja, ja, rot nu maar op.'

De man loopt door.

Nog twee straten.

De mensen die ze tegenkomt beangstigen haar steeds meer. Ze reageert niet als ze nog een keer wordt aangesproken.

Als ze het gebouw herkent, is er een moment van opluchting. De ijzeren buitenpoort is niet op slot. De hal is leeg. Het hele gebouw lijkt verlaten. Ze neemt de trap naar de derde verdieping en zoekt ondertussen naar de sleutel. Met ingehouden adem steekt ze hem in het slot. De deur klikt open. Een paar seconden luistert ze geconcentreerd. Geen teken van leven.

Natuurlijk niet. Kom op nu!

Ze stapt de kamer binnen en loopt door het halletje naar de woonkamer. Het ziet er opgeruimder uit dan ze had verwacht. Ze loopt naar het raam dat uitkijkt op een binnenplaatsje. Voordat ze de gordijnen sluit, bestudeert ze de ramen aan de overkant.

Waarschijnlijk heeft niemand me naar binnen zien gaan.

Daarna opent ze de deur van de aangrenzende slaapkamer. Ze weet waar de spullen liggen. Anne had de verpakking met trots laten zien en opgeborgen op de onderste plank in de rechterkast.

Het klopt.

Voorzichtig tilt ze de doos op en zet hem op het bed. Alles is aanwezig: twee machines, een voor de lijntjes, de andere voor de invulling, de inkt, handschoenen, een flesje alcohol. In beide machientjes zit al een naald. Ze tilt de lijntjeszetter eruit en steekt de stekker in het stopcontact. Er klinkt een zoemend geluid.

Ik kan dit. Misschien niet heel goed, maar ik kan dit.

Als ze alles weer terug heeft gelegd, neemt ze de doos mee naar de badkamer. Ze legt de spullen die ze nodig heeft onder de wastafel en legt er een badhanddoek overheen. Daarna opent ze haar tas. Ze haalt er de spullen uit die ze van thuis heeft meegenomen. De spuitjes ontdoet ze van hun plastic verpakking en legt ze naast elkaar op het randje voor de spiegel. De handboeien verstopt ze onder het bed. Via de slaapkamer gaat ze naar het keukentje, waar enkele gebruikte kopjes en glazen op het aanrecht staan. De koelkast ruikt naar beschimmelde kaas. Tot haar opluchting staan er ook een paar flesjes bier.

Dan loopt ze door de slaapkamer weer terug naar de badkamer.

Ze controleert alles voor de laatste keer.

Oké. Het spul zal snel gaan werken. Volgens de informatie op internet valt hij na vijf minuten in een diepe slaap. Ik moet er wel voor zorgen dat hij daarvoor al vastzit aan de bedrand. Dan de tekst op zijn onderarm, nee meer op zijn hand schrijven zodat hij het niet kan verbergen. Éen woord is genoeg. Als ik tijd heb kleur ik de letters in. Alles opruimen en de doos terugzetten. Daarna maak ik hem los, leg ik hem op zijn zij voor het geval hij gaat kotsen en ben ik weg. Na een uur, hoogstens twee uur zal hij wakker worden. Dan komt hij wel te laat, maar dat is niet mijn probleem. Oh ja, belangrijkste: foto's verwijderen en de laatste berichtjes die ik hem heb gestuurd. Of alles verwijderen. Alle sporen wissen. Ik ben hier vandaag niet geweest. Oh, shit ik ben de blinddoek vergeten.

Ze trekt de la van de kast in de badkamer open en vindt een brede zwarte haarband die ze bij de andere spullen legt.

Het is tien over half tien.

Ze gaat nog een keer naar het toilet, wast haar handen en loopt terug naar de woonkamer. Op haar telefoon zet ze de speellijst van Rihanna aan.

Ik moet hem zo snel mogelijk in bed krijgen. Niet te veel praten. Het moet niet meer dan een halfuur duren. Het is tijd om te bellen. Dan is hij er over een halfuurtje en is over anderhalf uur alles voorbij.

Ze houdt haar mobiel met beide handen stevig vast.

Hij neemt meteen op. 'Hallo met Rem.'

'Hoi. Waar ben je nu?'

'Ik kan beter vragen waar jij bent. Je maakt het wel spannend.'

'Dichterbij dan je denkt. Jij had toch ook zin in een zwoele avond.

Daar kan ik dus voor zorgen,' antwoordt ze té gehaast.

Hij lacht stoer, maar ze hoort de spanning in zijn stem. 'Eh, ja... dat wel, maar ik heb net wat te drinken gekregen van Zaïr.'

'Graag of niet.' Ze noemt het adres en zou het liefst ophangen, maar ze dwingt zichzelf te wachten op zijn reactie.

Hij zegt niets.

Shit, hij vertrouwt het niet.

'Je durft het toch wel?'

'Natuurlijk, maar we zouden hier ook nog een broodje shoarma gaan eten.'

Dit had ze niet verwacht. Haar zenuwen worden haar steeds meer de baas. Op de achtergrond is het erg lawaaierig. Ze hoort Zaïr roepen dat hij honger heeft.

'Ik heb iets veel beters voor je. Ik zie je zo.' Ze drukt hem weg en trilt als een rietje.

Wat nu? Komt hij wel? Godver.

Ze stuurt hem meteen nog een appje met het adres en de woorden: ik wacht op je.

Hij heeft het wel gelezen, maar geeft geen reactie.

Als hij nu vertrekt, is hij hier over twintig minuten. Rustig, tijd genoeg.

Ze loopt op en neer met haar telefoon in haar hand.

Wat als hij me niet serieus neemt? Of als hij samen met Zaïr komt?

Even schiet het door haar hoofd Bowie een berichtje te sturen om het uit te leggen, maar ze weet dat ze haar verhaal nooit in een paar woorden duidelijk kan maken.

Er zijn tien minuten voorbij. Nog altijd geen berichtje. Ze loopt naar het raam en gluurt tussen de gordijnen door. Niemand te zien. Als ze voor de zoveelste keer in de badkamer de tattoo-machine controleert, wordt er aangebeld.

Hij verlaat het hotel, steekt het plein over en loopt de eerste de beste zijstraat in naar rechts. Pas na een minuut of vijf stopt hij, om vervolgens een portiek in te schieten. Hij heeft geen idee waar hij is en hij is als de dood dat die jongens van het café weer ergens opduiken.

Hij sluit een moment zijn ogen en ziet het gezicht van Biko voor zich. Maar dat vervaagt en Fleur verschijnt op zijn netvlies.

Heeft ze al die tijd een spelletje met me gespeeld? Heeft ze me gebruikt om Rem jaloers te maken? Ik kan het echt niet geloven.

Hij haalt zijn telefoon tevoorschijn en toetst google maps in. Op het scherm van zijn telefoon ziet hij dat het adres maar een minuut of vijftien bij hem vandaan is. Hij haalt een keer diep adem en belt.

Geen reactie.

Shit. Wat nu? Ik ga niet terug.

Hij probeert het nog een keer en schrikt als er toch wordt opgenomen.

'Hallo.'

'Hoi, met Bowie.'

'Hé hallo. Waar ben je? Kom je toch? Leuk!'

'Ja. Als het uitkomt. Ik kan er over een kwartiertje zijn denk ik.'

'Natuurlijk. Ik ruim hier even de zooi op. Niet rennen anders gaat het me niet lukken voordat je er bent. Weet je hoe je moet lopen?'

'Ja, nee, ik heb...' Dan meent hij nog een andere mannenstem op de achtergrond te horen. Hij houdt zijn adem in en twijfelt of hij de verbinding moet verbreken.

'Bowie, wacht even, dan zet ik de tv even zachter.'

Hij slaakt een zucht en wacht totdat Biko weer aan de lijn is.

'Daar ben ik weer. Ik vind het echt super dat je komt. Wat heb je allemaal al gedaan? Nee, wacht, vertel het me zo meteen.'

'Ja. Tot zo dan.'

Het duurt precies elf minuten voordat hij bij het juiste studentenhuis staat. Naast de voordeur hangt een naambordje waarop vijf personen staan. Degene die hij zoekt staat op de tweede plaats. Eerste verdieping.

Shit, ik ben te vroeg.

Na tien keer de namen te hebben gelezen en vijf keer zijn berichten te hebben gecontroleerd, is hij van plan aan te bellen, maar dat is niet nodig, omdat een meisje, dat er waarschijnlijk ook woont, de deur voor hem openhoudt.

'Bij wie moet je zijn?'

'Bij Biko.'

Het voelt vreemd om zijn naam hardop uit te spreken.

'Oké. Ga je gang,' zegt het meisje en ze laat hem voorgaan. Hij had liever aangebeld, want nu overvalt hij hem. Bovenaan de trap staat hij stil. Het zenuwachtige gevoel in zijn onderbuik is nu wel behoorlijk aanwezig.

Wat als ik het helemaal mis heb? Het zal niet de eerste keer zijn dat ik me vergis in mensen. Ik kan nog terug.

Als de deur openzwaait, bevriest hij een paar tellen.

FLEUR

Het schelle geluid van de bel verlamt haar zowat.

Je kunt dit, Fleur van der Maat. Je gaat dit gewoon doen.

In vijf grote stappen staat ze bij de deur. Ze veegt haar hand nog een keer droog aan haar broek en legt hem langzaam op de klink.

Nog één beweging en ik kan niet meer terug.

Voorzichtig duwt ze hem open. De afkeer die ze voelt is nauwelijks te verbergen. Terwijl hij haar vragend aankijkt, raakt ze hem heel even aan en haar mondhoeken bewegen op commando omhoog. Ze zegt niets, hij ook niet. Ze ziet aan de manier van kijken dat hij uit haar hand gaat eten en als ze zich heeft omgedraaid, hoort ze hem de deur dichtdoen.

'Ik wist dat je zou komen. Doe je je jas niet uit? Wil je een biertje?' vraagt ze hem nog voordat hij stilstaat.

Hij knikt en kijkt nieuwsgierig rond.

'Ik ben zo terug,' zegt ze terwijl ze zich omdraait. In het keukentje leunt ze even tegen het aanrecht.

Het gaat prima. Hij verdient dit.

Ze pakt een flesje en trekt de dop eraf. Nog voordat ze hem het biertje overhandigt, bazelt hij allerlei onzin over haar uiterlijk.

Slijmbal. Blijft hij de hele tijd staan?

Met een uitnodigend gebaar wijst ze naar de bank. Als hij zowat over haar heen valt, kan ze de neiging om hem van zich af te duwen, nog maar net bedwingen. Hij schuift opzij en neemt een slokje van zijn bier.

Ze kijkt naar zijn gezicht en meent te zien dat hij even twijfelt, maar hij zet het flesje opnieuw aan zijn mond.

Ze haalt diep adem en legt haar hand op zijn been. Het voelt walgelijk, maar ze zet door. Op en neer, steeds een beetje hoger.

Aan zijn ademhaling kan ze horen dat het hem opwindt. Hij kijkt haar gelukkig niet aan.

Tot haar verbazing buigt hij zich plotseling naar voren om het flesje bier te pakken. Hij drinkt het vrijwel helemaal leeg.

'Kom, we gaan naar de slaapkamer,' fluistert ze in zijn oor.

Ze staat op, pakt zijn hand beet en draait zich om. Als een klein kind laat hij zich meenemen. In de slaapkamer laat ze hem los om de lamellen te sluiten.

Ik moet hem nog meer opwinden.

Ze knoopt zijn shirt open. Hij sluit zijn ogen.

Op een soort automatische piloot betast ze het hitsige lijf dat tegenover haar staat. Het kussen van zijn lippen doet haar bijna kotsen, maar ze weet dat ze hem hiermee het bed in kan krijgen. Hij laat zich heel gewillig uitkleden en op het matras duwen.

'Ik moet even naar het toilet. Jij moet blijven liggen, ik ben zo terug. Ik heb een verrassing voor je, maar je mag het nog niet zien, daarom doe ik deze band bij je om,' zegt ze.

Hij lacht en laat zich gewillig blinddoeken.

Terwijl ze achteruit de badkamer inloopt, houdt ze hem nauwlettend in de gaten. Daar pakt ze een van de spuiten in haar hand en duwt het staafje heel voorzichtig een paar millimeter naar boven. Op de punt van de naald vormt zich een beetje vocht. Ze zuigt haar longen vol lucht en voelt alleen nog maar de drang haar opdracht uit te voeren. Vastbesloten loopt ze terug en verbergt de spuit achter de lamp op het nachtkastje.

Zijn mond lacht als ze op zijn bovenbenen gaat zitten.

'Heel goed. Je gaat dit niet vergeten. Ik ga het namelijk heel spannend maken,' fluistert ze terwijl ze zich opzij buigt om de handboeien onder het bed vandaan te halen.

Ze grijpt zijn rechterhand, duwt hem in een van de ijzeren boeien en klikt het andere uiteinde vast aan het bed. Daarna ketent ze zijn linkerhand vast. Hij schudt een paar keer zijn hoofd en wil iets gaan zeggen. Ze legt haar vinger op zijn mond. Daarna kust ze hem en voelt ze hem ontspannen. 'Goed zo, ik ga je verwennen.'

Dan pakt ze de spuit van het nachtkastje. In een snelle beweging prikt ze de naald in zijn arm en duwt ze het een staafje in één keer naar beneden.

Hij vloekt en trekt aan de spijlen van het bed. 'Wat was dat?' Maak me los. Ik wil dit niet,' roept hij.

Ze legt haar hand op zijn voorhoofd en drukt hem terug in het kussen. 'Ik wel. Ik heb het vanaf nu voor het zeggen en jij gaat je mond houden.'

Rem maakt plotseling allerlei ongecontroleerde bewegingen met zijn armen en benen. Haar krachtige armen kunnen hem amper in bedwang houden.

Het spul werkt niet.

Na een paar minuten lijken zijn spieren eindelijk te verslappen. Als hij dan toch nog plotseling met zijn hoofd tegen de achterkant van het bed slaat, wordt ze misselijk van het geluid.

Na vijf minuten reageert hij helemaal niet meer. Ook niet als ze hem loslaat. Ze kijkt naar zijn naakte lijf. Zijn borstkas gaat normaal op en neer.

Dan is het goed toch?

Ze trekt het dekbed tot aan zijn buik en haalt de blinddoek van zijn hoofd.

Gehaast loopt naar de badkamer.

Rustig blijven. Hij wordt voorlopig niet wakker. Het machientje, flesje, ontsmettingsdoekjes, handdoeken, verband.

Met alle spullen in een handdoek gedraaid loopt ze terug. De situatie is niet veranderd. Hij heeft zijn ogen dicht en ademt rustig. Ze gaat naast Rem op het matras zitten en spreidt de handdoek uit op het dekbed. Als ze zijn rechterhand losmaakt, valt deze opzij. Ze trekt hem terug op het matras en blijft geconcentreerd naar zijn gezicht kijken. Met snelle bewegingen ontsmet ze zijn pols en hand. Als ze de stekker van het machientje in het stopcontact steekt, trillen haar handen toch een beetje.

Dat kan ik nu niet gebruiken. Diep ademhalen.

Ze pakt zijn pols beet en drukt de punt van de naald in zijn vel. Onder haar hand voelt ze het machientje zijn werk doen. Het bloedt een beetje, maar hij geeft geen kik.

Heb ik de millimeters wel goed ingesteld? Doorgaan nu. Hoelang heb ik nog? Tijd genoeg.

Het gaat sneller dan ze had verwacht. Het resultaat is nog niet goed te zien. Nadat ze zijn hand voorzichtig heeft schoongeveegd, staart ze naar het resultaat. De eerste twee letters zien er goed uit. Ze zijn wel wat groter uitgevallen dan de bedoeling was. *Nog twee.*

Als ze de naald weer op zijn hand zet, lijkt het alsof hij zijn spieren aanspant. Ze houdt haar adem in en wacht. Hij ademt gewoon verder en reageert niet als ze doorgaat.

Ze voelt geen medelijden. Ze voelt niets, behalve de drang de klus goed en snel af te maken.

De andere twee letters zijn zelfs nog iets strakker dan de eerste. Tevreden bekijkt ze het resultaat.

Het bloeden is bijna gestopt.

De letters zijn nu heel duidelijk zichtbaar. Ze draait het verband om zijn hand en legt er een paar knopen in. Zonder aarzeling klikt ze zijn pols weer vast aan het bed.

Opschieten nu.

Alle gebruikte materialen stopt ze in de tas.

Waar is zijn telefoon?

Ze vindt hem in zijn broekzak en klikt op galerij. Hij heeft mega veel foto's opgeslagen, maar na nerveus speurwerk, vindt ze het gezochte mapje. Het zijn acht foto's. Ze wist ze één voor één.

Wat als hij ze ook nog op een andere plek heeft opgeslagen?

Ze scrolt, maar kan de rust niet vinden om goed te zoeken. Voor de zekerheid stopt ze de telefoon in haar zak. Rem geeft geen enkel signaal dat erop wijst dat hij snel wakker zal worden.

Ze loopt nog een keer snel de badkamer, slaapkamer en huiskamer na. Als ze de tatoeëerspullen weer in de doos heeft gelegd en ervan overtuigd is dat ze alle sporen heeft gewist, loopt ze terug naar het bed. Ze zou hem het liefst niet losmaken, maar ze realiseert zich heel goed dat ze dan echt voor hele grote problemen gaat zorgen. Ze buigt zich over hem heen en steekt het sleuteltje in een van de slotjes.

Nee...

Ze verstijft van schrik en laat het sleuteltje uit haar handen vallen.

Hij staart haar aan! Zijn wijd opengesperde ogen schieten heen en weer en hij trapt woest met zijn benen. Ze springt op, graait de tas en het sleuteltje van de vloer en rent zonder nog om te kijken de kamer uit. In paniek verlaat ze het huis.

'Hé, daar ben je al. Wie heeft je binnengelaten?' Biko kijkt hem vragend aan. Hij heeft een grote doos in zijn handen.

'Geen idee. Een meisje met een rode fiets. Ik wilde aanbellen hoor, maar ze...'

'Maakt ook niet uit. Ik wilde nog even deze troep in de container gooien, maar dat kan later ook wel. Kom binnen.'

De twijfels die hij onderweg nog had worden door Biko's sprankelende ogen en zijn lachende mond grotendeels weggenomen. Toch een beetje onwennig stapt hij de kamer binnen.

'Goed dat je er bent. Ga zitten.' Biko schuift de kleren die op de bank liggen opzij. 'En? Is het tot nu toe leuk in Amsterdam? Wacht, wil je trouwens wat drinken? Een biertje?'

Hij knikt, trekt zijn jas uit en kijkt toe hoe Biko in de keuken verdwijnt.

Ik heb het gewoon gedurfd!

'Echt super dat je toch bent gekomen. Ik dacht dat je het misschien niet zou durven, of dat ze moeilijk zouden gaan doen. Het feest wordt namelijk heel chill,' zegt Biko en zet twee flesjes bier op de tafel.

'Ik weet niet of ik... ik moet echt op tijd weer weg. We moeten voor twaalf uur terug zijn in het hotel.'

'Dat meen je niet? Dan begint het juist. Kun je niet een of andere smoes verzinnen? Ik vind het juist zo top dat je er bent. Nou eerst maar een biertje drinken, dan kijken we straks wel verder. Proost.'

Hij neemt een slokje van zijn bier en knoeit een beetje op zijn shirt.

'Je vindt het spannend hè?' vraagt Biko lachend.

'Ja. Het is voor de eerste keer dat ik...'

'Bier drink? In Amsterdam ben? Grapje. Dat je met een jongen afspreekt?'

Hij knikt.

'Dat dacht ik eerlijk gezegd al. Ik vergeet nooit meer jouw gezicht toen we elkaar bij de winkel zagen. Alsof ik van een andere planeet kwam. Wel heel lief hoor. Maar ik moet je eerlijk zeggen dat ik ook nogal onder de indruk was. Waarom denk je dat ik je mijn adres heb gegeven en je heb uitgenodigd?'

'Ik dacht wel dat je op jongens valt, maar ik wist het niet zeker.'

'Ik gelukkig wel. En weet je, ik ben er trots op. Ik weet het al vanaf mijn twaalfde, maar het heeft wel een paar jaar geduurd voordat ik er voor uit durfde te komen. Echt een klote tijd was dat. Ik maakte mezelf diep ongelukkig omdat ik er met niemand over durfde te praten en als de dood was dat mijn ouders me zouden afwijzen.'

'En hebben ze dat gedaan?'

'Nee. Ze moesten er wel aan wennen hoor. En sommige vrienden ook. De stoere sportschoolgast homo? Maar ze hebben het nu allemaal geaccepteerd. Sinds wanneer weet jij het dan?'

'Ik... ik weet het niet. Ik was er niet zo mee bezig denk ik. Misschien vanaf de derde van de middelbare school, of misschien wel eerder, maar ik twijfelde, of nou ja...'

'Of je wilde het gewoon niet weten?'

Hij haalt zijn schouders op. 'Misschien ook niet. Maar de twijfel is er ook omdat er een meisje is dat ik ook echt leuk vind en zij mij ook. Het maakt het nogal verwarrend allemaal.'

'Ja, snap ik. Maar denk je dat ik alleen jongens leuk vind? No way, mijn beste vrienden zijn meiden. Ik vind ze superleuk, lief en zelfs aantrekkelijk, maar op een andere manier.'

Hij gaat wat gemakkelijker zitten en blaast de spanning uit zijn lijf. 'Ik geloof dat ik dat ook zo voel, maar ik vind het behoorlijk lastig allemaal.'

'Komt wel. Weten je ouders het al?'

'Ja.'

'En?'

'Ze zijn er niet blij mee. Tenminste, mijn vader niet. Hij denkt dat ik erg ongelukkig ga worden. Aan de ene kant zegt hij dat ik moet zijn wie ik ben, maar toch geeft hij me het gevoel dat ik niet deug.'

'Moet hij er niet gewoon aan wennen? Het duurde bij mij ook even voordat mijn vader er vrede mee had. Ze zijn nu eenmaal van een andere generatie.'

'Hij denkt volgens mij echt dat ik kan veranderen, als ik maar gewoon mijn best doe.'

'Tja, dat zal niet gaan. En ik verbied het je!' Biko lacht en staat op. 'We drinken er nog een biertje op en vertrouw me nu maar: het komt goed. Je hebt al beet voordat je je dobber hebt uitgeworpen.'

Bedoelt hij dat ik hem... dat hij mij...?

Als hij het biertje aanneemt, gaat zijn telefoon. Het is Fleur. Hij drukt haar weg en neemt een slok. Maar ze blijft hem bellen.

'Neem maar op, hoor.'

'Nee, daar heb ik nu even helemaal geen zin in.'

'Heb ik je al verteld wie er allemaal optreden vanavond?'

Weer gaat zijn telefoon.

'Neem nu maar op.'

Met tegenzin noemt hij zijn naam.

'Je moet komen. Bowie, je moet nú komen.' Fleurs stem klinkt dwingend en heel gespannen.

'Wat is er dan?'

'Ik heb... Bowie...'

'Doe eens rustig. Waar ben je?'

'Vlak bij het huis van mijn zus. Kom alsjeblieft snel.'

'Is er iets met je zus?'

'Nee. Ik weet gewoon niet meer wat ik moet doen.'

Hij is helemaal overrompeld.

'Kun je niemand anders bellen?'

'Nee. Dat kan niet! Neem anders een taxi.'

'Vertel me dan wat er is.'

'Iets met Rem. Kom als-je-blieft.'

Hij staat op en schudt zijn hoofd. 'Oké. Ik kom. Geef het adres.'

Ze noemt de straatnaam en het nummer.

'Kom alleen. Zeg tegen niemand dat je met mij afspreekt. Niemand.'

'Blijf jij daar?'

'Ja.' Ze hangt op.

FLEUR

In blinde paniek loopt ze al minstens tien minuten heen en weer. Ze houdt het raam op de derde verdieping angstvallig in de gaten.

Wat als Bowie het niet kan vinden? Of toch niet komt?

Ze checkt haar telefoon. Geen nieuwe berichten. Tussen haar vingers voelt ze het sleuteltje van de handboeien.

Hij kan niet weg.

Dan denkt ze geschreeuw te horen. Ze schiet achter een grote vuilcontainer en voelt haar hart in haar keel kloppen.

Shit, Bowie, waar blijf je?

De stank is niet te harden. Ze houdt haar trillerige arm tegen haar neus en wordt helemaal gek van de gedachten die in haar hoofd de revue passeren.

Er naderen voetstappen.

Bowie? Nee, het zijn meerdere mensen.

Stemmen die ze niet herkent. Ze stopt haar hoofd tussen haar benen. Ze zijn nu niet meer dan vijf meter bij haar vandaan. Rode en zwarte sportschoenen die weer uit het zicht verdwijnen. Ze ademt uit en richt haar hoofd weer op. Het wordt even helemaal zwart voor haar ogen.

BOWIE

Biko neemt hem onderzoekend op. 'Dat klonk heel serieus.'

'Ja. Het was Fleur, die goede vriendin over wie ik je net vertelde. Ze klonk helemaal in paniek. Er is iets goed fout. Fleur raakt niet zomaar overstuur. Ik moet naar haar toe.' Hij noemt het adres. 'Weet jij waar dat is? Shit, hier baal ik van.'

'Wat kan er zijn gebeurd? Ik weet waar het is en ga met je mee.'

'Nee. Dat kan niet. Fleur flipt als ze jou ziet. Ik moet alleen gaan.'

'Echt niet. Je moet dit helemaal niet alleen doen. Laat mij je helpen.'

Hij twijfelt, maar het idee dat hij weer alleen door Amsterdam moet gaan en het feit dat hij helemaal niet weet wat hij aan zal treffen, voelt niet aanlokkelijk.

'Oké, maar dan moeten we nu meteen gaan. Die klootzak heeft haar waarschijnlijk iets aangedaan.'

'Wie?'

'Ik vertel het je onderweg.'

Biko heeft zijn jas al aan en graait zijn sleutelbos van de tafel. 'We nemen de fiets. Voordat je een taxi hebt ben je al een half uur verder.'

'Hoelang duurt het voordat we in die straat zijn?'

'Een kwartier.'

Rem... als hij ook maar met één vinger... die klootzak.

Hij checkt zijn telefoon. Niks.

Zodra de fiets van het slot is gehaald, springt hij achterop. Hij voelt Biko's sterke spieren onder zijn handen. Als een volleerd circusartiest baant Biko zich een weg tussen de auto's, voetgangers en fietsers door. 'Wie is die Rem?' vraagt hij als ze noodgedwongen moeten stoppen voor de tram.

'Een enorme eikel.'

'Wat doet hij verkeerd?'

'Alles.'

Terwijl Biko zich helemaal suf trapt, staart hij onafgebroken naar het scherm van zijn telefoon.

Waar is ze nu? Is Rem bij haar?

Biko mindert vaart. 'De volgende straat is het.' Halverwege stopt hij. 'Ik kan zo de huisnummers niet goed zien. Wat is het nummer?'

'Driehonderddertig. Wacht, ik bel Fleur.'

Ze neemt niet op.

Hij krijgt een heel naar gevoel en ijsbeert op en neer totdat Biko hem bij zijn arm grijpt. 'Rustig, we moeten nog een stuk verder.

Ik denk dat het een doodlopende straat is. Aan het eind zijn volgens mij een paar studentenflats.'

Shit, waarom neemt ze niet op?

Ze lopen zij aan zij tot aan de flats. Er brandt maar heel weinig licht.

'Biko, ik ga gewoon aanbellen. Als ze niet opendoet, bel ik de politie.'

Dan hoort hij zijn naam. Meteen herkent hij de stem van Fleur. Biko ziet haar het eerst en bukt zich. 'Hier is ze denk ik.'

Fleur zit in het donker met haar hoofd tegen de container en kijkt hen aan. Het is duidelijk dat het niet goed met haar gaat.

Hij knielt naast haar. 'Wat is er aan de hand? Waarom zit je hier? Kun je staan?'

Ze knikt en pakt zijn hand beet. 'Wie is die jongen?' Haar stem trilt nogal.

'Biko. Ik was bij hem toen je me belde.'

Ze kijkt hem met vreemde ogen aan.

'We komen je helpen. Wat is er gebeurd?'

Ze schudt haar hoofd. 'Jij moet vertellen dat ik bij jou was vanavond. Dat we in een café waren. Verder niets.'

'Oké, maar waarom zit je hier? Waar is Rem?'

Als ze overeind wil komen, moet hij haar helpen omdat ze haar evenwicht niet goed kan houden. Ze blijft hem aanstaren. 'Hij is in de slaapkamer van mijn zus.'

'Heeft hij iets met je gedaan? Ben je daarom bang? Wat is er gebeurd?'

'Hij heeft heel veel gedaan, maar niet vanavond. Ik heb hem vastgemaakt aan het bed. Hij kan niet weg, omdat ik het sleuteltje van de handboeien heb.'

Totaal overdonderd kijkt hij Biko aan. Die probeert hem met bewegingen duidelijk te maken dat hij kalm moet blijven.

'Fleur, gaat het goed met hem?' vraagt hij zo rustig mogelijk.

'Geen idee.'

'Heb je de sleutels? We gaan er nu naartoe.'

Ze blijft hem aanstaren. 'Ik ben steeds bij jou geweest. Als ze het aan je vragen, moet je dat zeggen.'

'Oké, geef me nu de sleutels.'

Terwijl ze in haar zak voelt, zegt ze: 'Van de deur en de handboeien. Ik ga niet mee. Ik wil terug naar het hotel.'

Biko zet een stapje dichterbij. 'Ik ga wel mee naar binnen.'

'Oké, maar Fleur kan hier niet alleen blijven. We bellen een taxi. Fleur, als ze je iets vragen over Rem, over ons, zeg je niets te weten. We lossen dit samen op. Goed?'

Ze laat haar hoofd zakken. Hij pakt haar stevig vast. 'Komt goed.'

Biko heeft snel contact en noemt het adres. 'Het gaat maar tien minuten duren. Laten we aan het begin van de straat wachten. Heb je geld, Fleur?'

Ze knikt en gedrieën lopen ze terug. Hij houdt Fleur nauwlettend in de gaten en steeds als ze oogcontact hebben, probeert hij haar met geruststellende knikjes duidelijk te maken dat het goed komt. Zijn boodschap lijkt totaal niet tot haar door te dringen.

Zou ze in een shock zijn?

Als de taxi eindelijk verschijnt, stapt Fleur in.

Hij noemt het adres, drukt Fleur op het hart meteen naar bed te gaan en niets te zeggen. En hij belooft dat hij haar op de hoogte zal houden.

'Oké,' is het enige woord dat ze zegt.

Als de taxi uit het zicht is verdwenen, kijkt hij Biko aan. 'Man, wat een toestand, ik heb haar nog nooit zo gezien. We moeten nu naar binnen gaan. Wat als ze hem heeft toegetakeld?'

Biko pakt hem heel even vast. Het voelt zo onwerkelijk allemaal. Op het verlaten pleintje voor het juiste adres blijven ze staan. 'Misschien kun je die Rem eerst bellen?' vraagt Biko.

'Ja, wacht.' Hij pakt zijn mobiel en druk op zijn naam. Hij gaat over, maar er wordt niet opgenomen. Hij schudt zijn hoofd en kijkt naar boven. 'Nummer 330 is daar bij die gesloten lamellen op de derde verdieping. Er brandt licht.'

Biko kijkt hem aan. 'Is die Rem gevaarlijk?'

Hij haalt zijn schouders op. 'Waarschijnlijk niet. We moeten naar binnen. Met zijn tweeën kan hij ons niets maken toch?'

Zij aan zij lopen ze naar de metalen deur. Die blijkt niet op slot te zitten. In de grote verlaten hal staan ze stil.

'We nemen de trap,' zegt hij en gaat Biko voor naar boven. Hun voetstappen galmen door het trappenhuis. Als ze voor nummer 330 staan, knijpt Biko even in zijn schouder.

Hij haalt de grotere sleutel die Fleur hem gegeven heeft uit zijn zak en wil hem in het slot steken als hij plotseling iets achter zijn rug hoort bewegen. Biko en hij draaien zich tegelijkertijd om.

'Wat moeten jullie hier?' De jongen die de vraag stelt, heeft een agressieve blik in zijn ogen. 'We komen wat ophalen,' antwoordt Biko redelijk geloofwaardig.

'Wat?'

'Dat gaat je niets aan.'

'Van wie hebben jullie de sleutel?'

'Van degene die hier woont.' Biko knikt naar de sleutel en zegt: 'we gaan nu naar binnen.'

'Ik heb jullie gezien. Ik weet jullie te vinden,' roept de jongen.

'Prima. Bowie, maak gewoon open.'

De sleutel past en de deur gaat open.

Hij voelt de hand van Biko in zijn rug. Zijn hart bonkt in zijn keel als hij het halletje betreedt. Na de dreun van de dichtvallende deur blijft het doodstil.

Is Rem hier wel? Wat als hij ons zo meteen aanvalt? Of als hij niet meer leeft?

Er gebeurt nog altijd niets. Ze lopen tegelijkertijd de woonkamer binnen. Er is niemand te zien.

'Die kamer,' fluistert Biko en wijst naar rechts.

Hij voelt aan de klink. De deur is niet op slot. Met zijn voet duwt hij hem voorzichtig open. Ze blijven allebei op de drempel staan. Stomverbaasd.

Daar ligt hij. Naakt. Beide handen zijn aan het bed geboeid. Een van zijn handen zit in het verband. Er komt een beetje bloed doorheen.

Hij kan zijn ogen niet geloven. Naast de ontzetting is er ook wel de opluchting dat hij leeft.

Heeft Fleur dit gedaan? Waarom?

Rems ogen spugen vuur en zodra ze een stap in de kamer zetten, begint hij te schreeuwen. 'Ga weg. Flikker op.'

Woorden die hij zo vaak heeft gehoord, maar ze hebben nu een totaal andere impact op hem. Zijn gevoel is een mengeling van medelijden, verbazing, onwerkelijkheid.

Het is nogal gênant om Rem bloot te zien.

Hij zou het dekbed dat op de grond ligt over hem heen kunnen trekken, maar het geschreeuw van Rem houdt hem tegen.

'Wat doe jij hier? Wie is dat? Heeft Fleur je gestuurd? Dat wijf spoort niet. Jullie gaan hiervoor de bak in.'

In plaats van opgefokt te reageren, voelt hij een soort rust over zich heen komen. 'Hoezo jullie? Ik was van plan je hier vandaan te halen, maar als je zo tekeergaat, ben ik zo weer weg.'

Rem blijft hem agressief aankijken, maar hij stopt wel met schelden. Even lijkt hij van gedachten te veranderen, maar schreeuwt dan weer uit volle borst: 'Jullie zijn gek. Ik ga jullie helemaal kapotmaken.'

'Ik kan ook gaan. Ik ben je helemaal niets schuldig. Jij mij wel. Als je het niet op mijn manier wilt doen, zoek je het maar uit. Dan ben ik hier gewoon nooit geweest.'

'Daar heb jij het lef niet voor.'

'Moet jij eens zien.' Hij draait zich om en loopt terug naar het halletje. Hij is echt van plan te gaan, maar Biko houdt hem heel even vast en fluistert: 'We kunnen hem zo niet achterlaten. Dan gaan ze jou ervoor laten opdraaien. Je moet ervoor zorgen dat hij jou, en ook Fleur niet verlinkt.'

'Hoe dan?'

In de stilte die er valt, werken zijn hersens op volle toeren. Hij knikt en terwijl hij richting Rem loopt, haalt zijn mobiel tevoorschijn. 'Oké. Luister. Ik wil dat je je excuses aanbiedt en dat je mij en Fleur met rust laat. En omdat ik weet dat je dit niet uit je zelf zult gaan doen en onbetrouwbaar bent, neem ik alles op met mijn telefoon. En als het moet zet ik het vandaag nog op facebook.'

Rem probeert het dekbed met zijn voet naar zich toe te trekken, maar hij kan er niet bij. 'Doe normaal. Maak me eerst los. Heb je de sleutel?'

'Ja. Eerst je excuses en de belofte dat je je nooit meer met mij en Fleur bemoeit. Wat heb je trouwens aan die hand?'

'Niets.'

Hij ziet de paniek in Rems ogen.

Zonder verder nog na te denken gaat hij naast Rem staan en knoopt het verband los.

Rem roept van alles, het meeste is aan het adres van Fleur gericht.

Hij houdt zijn adem in als hij het laatste stukje plakkende doek losmaakt. Rem zegt ook niets meer. Met ongeloof staart hij naar de inktzwarte letters.

HOMO

Het blijft drie seconden heel stil, daarna trekt Rem met alle macht aan de spijlen. 'Shit, wat is dit? Godverdomme,' schreeuwt hij.

Dit kan niet. Heeft Fleur dit écht...

'Hoe is dit...?'

'Weet ik veel. Ze deinst nergens voor terug. Ze heeft me iets gegeven. Drugs waarschijnlijk.'

Als hij Rem zo kwetsbaar voor zich ziet liggen, twijfelt hij of hij wel verder moet gaan, maar de agressieve blik in Rems ogen, maakt dat hij doorzet. 'Oké, als je doet wat ik je heb gevraagd, dan zijn we hier zo weg. Ik neem het op. Alles, inclusief die hand.'

Hij houdt zijn telefoon omhoog.

Rem schudt zijn hoofd heen en weer. 'Je kunt dit niet maken. Klootzak.'

'Je hebt twee minuten. Nu!'

En het gebeurt recht voor zijn ogen en onverwacht. Rem breekt. Met gebogen hoofd biedt hij zijn excuses aan. 'Godver. Ik... Ik zal je niet langer belachelijk maken op school of daarbuiten.'

Nadat hij heeft gecontroleerd of het er goed opstaat, inclusief hand en het naakte lijf, stopt hij zijn telefoon terug in zijn zak. 'Ik zweer het je dat ik het aan de hele wereld laat zien als je ook maar één keer iets kwetsends zegt over mij of over Fleur. Je geeft mijn gedicht terug. Niet te hopen voor jou dat je er al iets mee gedaan hebt. En ik wil dat je nooit, maar dan ook nooit aan iemand vertelt wat er vanavond is gebeurd. Maar ik denk dat jij de laatste bent die dit naar buiten wil brengen.'

Rem lijkt in te zien dat het menens is. Hij knikt bijna onzichtbaar. 'We kunnen je nu losmaken, maar ik wil nog één ding van je weten. Iets waar ik al jaren een antwoord op wil hebben. Waarom haat je mij zo?'

Ze kijken elkaar aan. Rem is degene die het eerst zijn hoofd buigt. 'Maak me los. Alsjeblieft.'

'Ik wil eerst een antwoord op mijn vraag. Waarom haat jij mij zo? Wat heb ik jou misdaan?'

Rem zwijgt.

'Ik heb de tijd.'

'Maak me eerst los. Bowie, kom op. Alsjeblieft.'

Hij wacht en voelt zich sterk.

'Ik heb niet echt een hekel aan jou. Het was alleen moeilijk om vrienden te blijven met iemand die homo is. Mijn vader zegt altijd: waar je mee omgaat, daar word je mee besmet.'

'Oh, je bent bang dat ze je voor homo aanzien? Of ben je bang dat je het zelf ook bent?'

Rem zucht en zwijgt.

'Heeft Fleur er misschien ook iets mee te maken?'

Rem blijft zwijgen.

'Wil je haar terug?'

Hij schudt alleen maar zijn hoofd.

Biko komt erbij staan. 'We moeten gaan. Ik heb hier het sleuteltje. Het lijkt me duidelijk dat wat er vanavond is gebeurd binnen deze vier muren blijft. Misschien is het wel goed om af te spreken wat jullie straks gaan vertellen.'

'Rem is bij een vriend geweest en ik bij jou,' zegt hij zelfverzekerd. Biko knikt. 'Oké. Maar dan moet Rem de naam en het adres paraat hebben. Lijkt me geen probleem. Ik zal het je zo meteen geven. En je moet je hand opnieuw verbinden. Je kunt zeggen dat je hem langs een muur hebt geschaafd.'

Rem antwoordt nog altijd niet, maar aan zijn lichaamshouding is af te lezen dat hij zich gewonnen geeft.

Als hij los wordt gemaakt, raapt hij zijn kleren bij elkaar en loopt hij ineengebogen naar de badkamer.

Biko legt een hand op zijn rug. 'Goed gedaan. Volgens mij zal je geen last meer van hem hebben.'

Het duurt zeker een minuut of tien voordat Rem tevoorschijn komt. Hij ziet er met kleren aan weer redelijk normaal uit, maar dit is een andere Rem. Zijn trots is geknakt.

'Ik wil wel mijn telefoon terug. Fleur heeft hem meegenomen.'

'Ik zal het haar vragen.'

Nadat ze het bed hebben gefatsoeneerd, lopen ze gedrieën het appartement uit. Rem voorop.

Biko en hij volgen hem op de voet. Het voelt alsof hij alles wat Rem aan zelfvertrouwen heeft verloren, erbij heeft gekregen. Het is niet zo dat zijn angst helemaal is verdwenen, maar het gevoel van overwinning is sterker. Hij trekt de ijzeren poort achter zich dicht.

Het is heel onwerkelijk om rond twee uur 's nachts door een vrij-wel verlaten stad te lopen. Ze zeggen niets, maar houden elkaar goed in de gaten. Rem loopt alsof hij een beetje dronken is.

Wat zou Fleur hem gegeven hebben?

Na een minuut of twintig staan ze bij de ingang van het hotel. Rem kijkt niet meer op of om en loopt zwijgend naar binnen.

Daar staan ze dan. Heel dicht bij elkaar. Hij zou Biko willen kussen, maar hij durft het niet.

Biko blijft hem uitdagend aankijken. 'Dat feestje zit er niet meer in ben ik bang. Maar misschien kan ik je morgen nog even zien. Wat gaan jullie doen?'

'We gaan nog naar het Vondelpark en naar het Rijksmuseum.'

'Zal ik dan even naar het park komen? Of vind je dat te lastig?'

'Nou, uh, nee. Ik zou het heel leuk vinden.'

'Oké, we appen wel hoe laat.'

'Goed. Ik moet nu echt gaan. Sorry voor... ja... het was nou niet echt een eerste date zoals ik die me had voorgesteld.'

'Maar wel een spannende.' Biko pakt zijn hand beet en trekt hem naar zich toe. De kus die volgt is stoer, intens, maar vooral heel erg lekker.

Dan draait Biko zich plotseling om. Hij springt op zijn fiets. Nog even gooit hij zijn hand in de lucht en weg is ie.

Ik wil hem terugzien. Morgen. Yes!

Hij kan de lach niet van zijn gezicht halen als meneer Van Daal hem tegemoet komt.

'Waar heb jij uitgehangen?'

'Bij een vriend. Biko Spanjaard.'

'Weet je wel hoe laat het is? Daar ga jij spijt van krijgen.'

'Dat denk ik niet, meneer. Welterusten.'

Van Daal kijkt hem onthutst aan. 'Ik praat morgen met je. Ga nu naar bed.'

Hij zou het liefst een vreugdesprongetje maken, maar hij loopt relaxed naar zijn kamer. Als hij voor de deur van zijn kamer staat, komt de spanning weer helemaal terug.

Ligt Rem in bed? Heeft hij zijn mond gehouden? Heeft meneer Van Daal hem ook aangesproken?

Rem ligt met zijn rug naar hem toe. Hij doet alsof hij slaapt. Ook de andere jongens reageren niet als hij de deur sluit.

Hij stuurt Fleur een appje om te laten weten dat ze terug zijn. En dat het goed komt als iedereen zijn mond houdt.

Daarna sluit hij totaal uitgeput zijn ogen.

FLEUR

De taxi had haar een half uur geleden in de buurt van het hotel afgezet. Ze weet nog dat mevrouw Bastiaan haar had opgewacht en haar had aangesproken. Maar ze kan zich niet meer herinneren wat ze heeft gezegd, of ze überhaupt heeft geantwoord of hoe ze in haar bed is gekomen.

Maar het laatste kwartier komen de beelden van de afgelopen uren terug. Het dringt steeds meer tot haar door dat ze iets onvoorstelbaars heeft gedaan. Iets waarvan ze de gevolgen niet kan overzien. Het bezorgt haar een opgefokt en ook wel angstig gevoel.

Dit zal een keer uitkomen. En dan?

Ze weet niet of haar kamergenoten haar binnen hebben horen komen. Het lijkt er op dat ze nu slapen.

Ze rilt en trekt het dekbed tot over haar hoofd. Het lukt haar niet haar hoofd rustig te krijgen om na te denken. En dat Bowie haar nog steeds geen bericht heeft gestuurd, maakt het er niet beter op.

Ze houdt het niet meer uit in haar bed en sluipt als een dief in de nacht naar het toilet. Als ze zeker weet dat ze alleen is en zich in één van de hokjes heeft opgesloten, pakt ze haar mobiel uit haar zak. Ze schrikt even als ze merkt dat het Rems telefoon is. Hij heeft vier nieuwe berichtjes. Twee van Zaïr en twee van een onbekend nummer. Haar oog valt op het mapje Bowie. Daarin staan onder andere de foto's die genomen zijn in het kleedlokaal van de gymzaal en van Bowie en Rem in het pashokje. Ze wist alles.

Dan komt er een berichtje van Bowie op haar eigen telefoon binnen. Het is al meer dan een half uur geleden verzonden. Na het gelezen te hebben slaakt ze een zucht van verlichting en laat ze hem weten dat ze gaat slapen.

Ze trekt door en loopt terug naar de gang. Daar hoort ze plotseling leraren met elkaar praten. Ze komen dichterbij. Ze wacht een paar tellen, maar besluit dat het beter is door te lopen. Net voordat ze de slaapkamerdeur open wil maken, voelt ze dat er iemand achter haar komt staan. Ze draait haar hoofd naar achter. Het is mevrouw Bastiaan.

'Alles goed?'

'Ja hoor. Ik kan gewoon niet slapen.'

'Is er iets gebeurd vanavond?'

Haar hart gaat tekeer. 'Hoezo?'

'We hebben het er morgen nog wel over. Ga maar slapen.' Mevrouw Bastiaan knikt en verdwijnt.

Met knikkende knieën loopt ze haar kamer binnen, sluit de deur en kijkt nog een keer op haar telefoon.

Bowie gaat me niet verraden. Maar Rem?

Als hij wakker wordt is het een chaos in zijn hoofd. Hij buigt zich over de rand van zijn bed. Rem slaapt nog. De verbonden hand ligt op het hoofdkussen.

Hoe gaat hij dat doen? Heel zijn leven zijn hand verbinden?

Hij kan eigenlijk nog steeds niet geloven dat Fleur dit in haar eentje heeft bedacht.

Zou ze het ook voor mij hebben gedaan?

Hij laat zich op de grond zakken en neemt zijn koffer mee de gang op. Als hij onder de douche staat, schiet het door zijn hoofd dat als Rem toch gaat praten, hij ook een deel van de schuld op zich zal nemen. Maar hoe groot de ellende misschien nog gaat worden: het weegt vreemd genoeg op dit moment niet op tegen zijn verliefde gevoel.

Dit is het dus. Een gevoel dat alles overheerst, dat de realiteit even naar de achtergrond drukt. En die is dat ik over een kwartier oog in oog sta met Rem en de leraren.

Het douchelokaal stroomt vol. Hij droogt zich af en kleedt zich aan. Rem is nog nergens te bekennen.

In de ontbijtzaal heeft het merendeel van de meiden zich al een plaatsje toegeëigend. Als hij Fleur niet ziet, bekruipt hem een akelig gevoel. Hij stuurt haar een appje.

Hoi. Waar ben je? Ik moet je spreken. Tot zo.

Hij gaat achter in de ontbijtzaal zitten en houdt de deur in de gaten. De meeste klasgenoten zijn er nu wel.

Rem zal Fleur toch niet hebben opgezocht?

Hij controleert zijn mobiel en besluit haar te bellen. Dat is niet nodig want ze staat plotseling voor zijn neus.

'Hoi. Hoe voel je je nu? Heb je een beetje geslapen?' vraagt hij.

Ze zegt ja, maar het klinkt niet overtuigd.

'Fleur, het komt goed. Rem gaat zijn mond houden.'

Ze schudt haar hoofd. 'Is hij niet hier? Jullie zijn toch wel samen teruggekomen?'

'Ja, hij heeft op onze kamer geslapen en zal zo wel komen. Als hij het durft.'

Ze kijkt hem aan, maar maakt niet echt oogcontact. 'Wat heb ik gedaan Bowie? Ik ga hiervoor opdraaien. Zijn ouders zullen aangifte doen. Dan draai ik de bak in.'

'Rustig. Ga nu even zitten. Fleur, heb je dit voor mij gedaan?'

'Nee, niet alleen voor jou. Ook voor mezelf.'

'Ik wist natuurlijk wel dat je Rem een klootzak vond, maar dat je hem zo haatte?'

'Hij chanteert me.'

'Wat? Waarmee dan?'

'Met naaktfoto's. Maar nu niet meer. Ik heb alles gewist. Ook de foto's die hij van jou had genomen.'

'Naaktfoto's?'

Ze knikt. 'Ik wilde hem straffen voor alles wat hij mij, jou, iedereen heeft aangedaan. Zijn lijf verminken, hem pijn doen. Ik heb totaal niet nagedacht wat de consequenties voor mij zullen zijn.'

'Die hoeven er niet te zijn. Het klinkt nu wel heel absurd, maar wij hebben ook wat leuke foto's van Rem gemaakt. Zo leuk dat hij zijn mond gaat houden, Fleur. Zeker weten.'

Ze maakt nu wel even oogcontact. 'Echt?'

'Ja, ik zal ze je later laten zien, maar hoe heb je dit allemaal voor elkaar gekregen? Ik wist niet eens dat je het kon.'

'Ik heb hem een spuitje met verdoving toegediend.'

'Hoe kom...'

'Van mijn moeder.'

'En het tatoeëren?'

'Van mijn zus afgekeken.'

Hij schudt zijn hoofd en legt zijn hand op haar hand. 'Het lijkt wel een film, Fleur.'

'Ik was doodsbang. Ik was echt van plan hem los te maken, maar hij werd wakker. Rem mag jou wel dankbaar zijn.'

'En Biko.'

'Ja. Hoe reageerde Rem?'

'Wat denk je? Opgefokt, natuurlijk, maar ik denk echt dat hij nu wel beseft dat hij te ver is gegaan en dat hij beter zijn mond kan houden. Heb je zijn telefoon nog? Die kun je hem misschien beter teruggeven. Als je toch alles hebt gewist?'

'Ja.'

Ze kijkt hem met een angstig gezicht aan. 'Ik heb jouw avond ook verpest. Eerst in dat café en daarna heb ik dus ook nog die afspraak met Biko verkloot. Je zult me wel haten.'

'Nee, ik haat je helemaal niet. En ik denk dat je het niet helemaal hebt verpest.'

Ze trekt een vragend gezicht.

'Ik zie hem straks waarschijnlijk nog even in het Vondelpark.'

Ze lacht gemaakt en zucht.

'En we blijven maatjes, Fleur. Gisteravond voelde ik me inderdaad beroerd alleen. Maar dat heeft er wel voor gezorgd dat ik naar Biko ben gegaan.'

'Ik moest het doen om Rem zo ver te krijgen. Het was walgelijk.'

'Dat snap ik nu wel. Maar dat jij dit in je eentje geflikt hebt, is echt niet te geloven.'

'Ik heb mijn verstand uitgeschakeld en ik vond dat ik dit alleen moest doen. Ik wilde hem laten voelen hoeveel pijn hij mensen kan doen.'

Ze kijkt steeds naar de deur. 'Ik denk dat hij niet komt, dat hij mij aan het verraden is bij de leraren.'

'Dat doet hij niet. Ik denk dat hij nog op de kamer is. Je zult zien dat hij zo meteen meegaat en doet alsof er niets is gebeurd. Dat gaan wij ook doen.'

'Niet reageren. Heb jij toch je zin.'

'In dit geval wel.'

Hij schept zijn bord vol. Fleur neemt alleen een kopje thee.

Als ze in de hal wachten om gezamenlijk naar het Vondelpark te gaan, sluit Rem aan. Hij wordt gevolgd door meneer van Daal. Rem heeft de mouw van zijn trui over zijn hand geschoven. Hij kijkt heel even in hun richting.

Heeft hij ons toch verlinkt?

Meneer van Daal komt bij hen staan. Hij kijkt hen om de beurt aan en vraagt of ze even mee willen lopen. Fleur buigt haar hoofd en staat als eerste op.

Als hij ook maar iets gezegd heeft, ga ik die foto's echt op internet gooien.

Ze worden naar de hoek van de hal geloodst.

'Ik wil een duidelijk en eerlijk antwoord van jullie. Het is een simpele vraag waar ik een simpel 'ja' of 'nee' antwoord op wil horen.'

Ze worden weer een voor een indringend aangekeken.

'Was Rem gisteravond bij jullie?'

Fleur schudt haar hoofd. Hij antwoordt met een duidelijk 'nee'.

Meneer van Daal blijft hen aanstaren. 'Er klopt iets niet. Jullie komen met zijn drieën kort achter elkaar te laat het hotel binnen.

Alle anderen waren al zeker een uur binnen. Fleur vertelt aan mevrouw Bastiaan dat ze met jou in een café is geweest. Jij vertelt dat je bij een vriend bent geweest. Hoe zit dat?'

'We waren samen in een café en daarna samen bij die vriend,' antwoordt hij rustig.

'En Rem was daar niet bij?'

'Nee,' antwoorden ze tegelijkertijd.

'Oké, dan lopen we nu terug. Ik ga dit aan jullie mentor doorgeven. Je hoort van hem of haar wat de gevolgen zijn van het te laat komen.'

Rem heeft niets gezegd.

Bowie knijpt Fleur.

Als ze bij de ingang van het park staan, splitst de groep zich op. Rem en zijn vrienden lopen richting paviljoen. Hij negeert hen. Fleur blijft staan. Hij pakt haar arm beet. 'Kom, we gaan daar lekker in het zonnetje bij het water zitten. We hoeven hem niet in de gaten te houden. Als hij ons had willen verraden had hij dat al gedaan.'

Ze gaan naast elkaar op een bankje zitten.

'Wil je de foto's zien?'

Ze haalt haar schouders op. 'Pff, ik weet het niet.'

'Fleur, heb je er spijt van?'

Ze kijkt hem aan. De tranen in haar ogen zeggen genoeg. 'Gister niet, maar vandaag realiseer ik me pas echt wat ik heb gedaan en voel ik de angst voor wat me te wachten staat. Heb jij het gezien?'

'Ja, en het staat op de foto. Wel heftig. Rem zal vanaf nu zijn handen wel thuishouden. Nu is hij degene die iets wil verbergen.'

Sira komt voor hen staan. 'Mag ik erbij komen zitten? Of zijn jullie jullie liever met zijn tweeën?'

'Ja, dat mag. Ik wilde toch nog even iemand bellen.' Hij kijkt Fleur aan, maar ze reageert niet. Als Sira tegen haar begint te praten, loopt hij bij hen vandaan.

Bellen of appen?

Zijn hart begint weer sneller te kloppen.

Hij drukt op contacten en belt. Biko neemt meteen op.

'Hoi met Bowie.'

'Goedemorgen. Hoe is het? Heeft die gast zijn mond gehouden?'

'Ja, voor zover we weten wel.'

'Heel goed. Ben je nu in het park? Vind je het leuk als ik nog even kom?'

'Ja. Ik blijf in de buurt van de ingang, dan zie ik je zo.'

'Oké.'

Als de verbinding is verbroken, staat hij te trillen op zijn benen.

Het is echt! Hij wil mij zien. Yes!

Hij loopt terug naar Fleur en gaat weer naast haar zitten.

'Waar is Sira gebleven?'

'Ze is wat te drinken kopen.'

'Biko komt eraan. Ik vind het zo spannend. Het voelt alsof ik de hele wereld aankan.'

Dan ziet hij de tranen in haar ogen. 'Fleur, sorry, ik weet dat jij het niet leuk vindt, maar ik laat je niet in de steek hoor. Het is alleen... ik wil hem zo graag nog een keer zien.'

'Ja natuurlijk. Het is ook goed. Ik ben mezelf niet, ik denk dat nu pas alle spanning er uitkomt. Ik weet dat ik Rem én jou los moet laten.' Ze huilt en legt haar hoofd tegen zijn schouder.

'Fleur, je doet alsof ik uit jouw leven verdwijn. Dat wil ik niet. Ik blijf jouw beste vriend.'

Hij kijkt haar vragend aan als zijn telefoon gaat.

'Neem maar op hoor.'

Stotterend probeert hij uit te leggen waar ze zitten.

'En jij kunt de hele wereld aan,' zegt ze spottend.

Daarna kan hij echt niet meer blijven zitten. Hij loopt misschien wel twintig keer heen en weer en pas als hij Biko in de verte zijn richting uit ziet lopen, staat hij stil. Twee tellen. Daarna struikelt hij zowat over zijn eigen voeten.

Naam: Elle van den Bogaart
Geboortedatum: 6 april 1959
Woonplaats: Eindhoven

De Gele Scooter is mijn debuut (2003) als jeugdromanschrijfster, en inmiddels heb ik 9 boeken geschreven.

Actuele thema's die jongeren bezig houden vormen de basis van mijn boeken. Het verzinnen en uitdiepen van de karakters die samen een verhaal vormen, is het allerleukst. Ik vind het belangrijk dat de lezers zich kunnen vereenzelvigen met de personen in een boek.

Daarnaast moet het boek vaart hebben. Hiermee bedoel ik dat de lezer alsmaar verder wil lezen. Ik gebruik geen moeilijke woorden en probeer zoveel mogelijk de taal van jongeren te benaderen.

Ik vind het fantastisch dat zowel jongens als meisjes genieten van mijn boeken. Ik laat me inspireren door de verhalen die iedere dag op mijn pad komen. In de trein, op straat, in de klas, maar ook door de aangrijpende verhalen van jongeren die geconfronteerd werden met geweld, bedrog, misbruik enzovoort.

Mijn werk op de afdeling psychologie van een algemeen ziekenhuis houdt me scherp, nieuwsgierig en vooral heel enthousiast. Ik houd van mensen en vooral om over hen te schrijven.

www.ellevandenbogaart.nl

Omslagontwerp: Nanja Toebak

Foto © Robert Jones / Arcangel Images

© Elle van den Bogaart, 2015

ISBN 9789025112868
NUR 284-285